U0501272

荆楚文艺名家课堂文集

张士军 主编

长江出版传媒　长江文艺出版社

图书在版编目（CIP）数据

荆楚文艺名家讲堂文集 / 张士军主编. -- 武汉：长江文艺出版社，2023.12
ISBN 978-7-5702-3355-7

Ⅰ. ①荆… Ⅱ. ①张… Ⅲ. ①文艺评论－中国－当代－文集 Ⅳ. ①I206.7-53

中国国家版本馆 CIP 数据核字 (2023) 第 208309 号

荆楚文艺名家讲堂文集
JINGCHU WENYI MINGJIA JIANGTANG WENJI

责任编辑：黄雪菁　　　　　　　　责任校对：毛季慧

封面设计：胡冰倩　　　　　　　　责任印制：邱　莉　杨　帆

出版：长江出版传媒　长江文艺出版社

地址：武汉市雄楚大街 268 号　　　邮编：430070

发行：长江文艺出版社

http://www.cjlap.com

印刷：武汉市籍缘印刷厂

开本：710 毫米×970 毫米　　1/16　　印张：12.625

版次：2023 年 12 月第 1 版　　　　2023 年 12 月第 1 次印刷

字数：165 千字

定价：96.00 元

版权所有，盗版必究（举报电话：027—87679308　　87679310）

（图书出现印装问题，本社负责调换）

目　录

文学的正途①

刘醒龙

一

讲好中国故事，首先要把握中国文学传统的正脉，只有通过塑造出贤良方正的中国形象，才能为世界文明的发展注入中国激情与活力。

文学创作离不开创新，没有创新，就没有生命力。与自然科学往往通过对旧学说的颠覆来实现创新不同，文学的任何实践，都离不开传统。自"五四"新文学运动开始，欧美文学对中国文学产生了很大的影响。这种影响最激烈的那几年，作为新文化运动旗手的鲁迅甚至很夸张地说，汉字不灭，中国必亡。鲁迅先生说这话，有着特殊背景，如果背景稍有不同，鲁迅先生肯定不会如此说话。辛亥革命前后的反帝反封建运动中，为了唤醒处在精神麻木状态下的民众，需要来一剂猛药，像鲁迅先生这样的思想家，说点过激的

---

① 本书根据湖北省文联、 湖北省文联艺术院和荆楚网联合举办的"荆楚文艺名家讲堂" 线上讲座内容整理。 为确保成书的统一性， 编辑将部分稿件体例进行了必要调整。 ——编辑按

话，甚至是过头话，可以理解。刚刚过去的 2018 年是改革开放 40 周年，从 1978 年开始的改革开放大业，我们尝试学习世界各国的文明成果，也可看成阶段性必要。但是，这些措施就像家里办大事时，找几个亲戚来帮忙。来帮忙的亲戚，上上下下忙得不亦乐乎，将里里外外弄得很像那么回事。然而真正决定家庭大计，决定家族命运的，还是自己家里的人。

我在 2014 年出版的长篇小说《蟠虺》中，有这样的一段闲笔：春秋战国后期，公元前 506 年，在报仇心切的伍子胥的策动下，吴国出兵三万讨伐楚国，将拥有六十万大军的楚国打得落花流水、山河破碎。楚国的残兵败将逃到弱小、但与楚国有盟誓的随国后，吴王率大军将随国国都团团围住，威逼随王交出前来避难的楚昭王。危难之际，楚昭王的兄长子期，穿上弟弟的衣冠，冒充楚昭王，请随王将自己交给吴王。谁知随王坚决不肯这么做，还写信告诉吴王，随国虽然弱小，但与楚国有世代盟约。如果一有危难就互相抛弃，就算你吴国将来与我随国结盟，这样的盟约谁会相信？眼下，就算吴国兵马再强大，我也断断不能将楚王出卖给你吴王。否则，不仅随国将无法取信天下，就是吴王你也会因为威逼利诱，让品行高贵的随王变成背信弃义、卖身求荣的小人而受到天下耻笑。随王这番大义凛然的话，让吴王觉得理亏，满面羞愧，引兵而退。《左传》用"吴人乃退"四个字，恰到好处地表现出曾经广为传诵，后来却少有提及的春秋大义。

湖北省博物馆内，专门设立有曾侯乙馆，陈列着随州擂鼓墩大墓中出土的曾侯乙编钟，以及国内外唯一一套完整的九鼎八簋，还有促使我创作出长篇小说《蟠虺》的曾侯乙尊盘等一大批相当珍贵的青铜器物。不算其他礼器，光是曾侯乙编钟，就有十几吨重。在青铜作为战略物资严加管控的春秋战国时期，如果将制造曾侯乙编钟的青铜用于制造兵器，足以装备一支能够从根本上影响任何战役的大军。随州是随国故地，随国人不屑于用兵器，而执意尊崇礼乐，在以成败论英雄的所谓史册上，没有留下丰功伟业。但在中华文化长河中，给后人留下日月经天一样的楷模。

成语"二桃杀三士"，同样出自春秋战国时期。今天我们所见到的词典注解，还有现实生活中，每每提及"二桃杀三士"，所欣赏的是谋臣晏婴用计帮助齐景公除掉三位功高盖主的勇士。用中华文化的春秋大义来看，"二桃杀三士"能够流传的价值取向，恰恰不是阴谋诡计，而是三位勇士所秉持的有福同享、有难同当的凛然正气。如果换成三个见利忘义之徒，齐景公的谋臣再有百倍狡诈，也不会有人中他们的诡计，上他们的圈套。说到底，不是坏人有多么坏，而是善良的人有多么善良。

楚汉争霸时，项羽的"鸿门宴"也可算是春秋大义的一种。后人不解项羽为何没有在鸿门宴上，杀了明知是自己一生之敌的刘邦，那些写天意的，写奇幻的，写权谋的，写私欲的，解释全不对。事情的真相在于，手握生杀大权的项羽还记得"春秋大义"这条底线，宁肯未来在战场上拼个你死我活，也不肯做一个让千秋万代百般耻笑的懦夫，不肯做在背后捅刀子的卑鄙小人。这就是我们经常说自己，也说别人，做任何事情，最重要的是留下一个口碑。假如项羽真的想在鸿门宴上暗算刘邦，就不会弄什么项庄舞剑，意在沛公，直接将手中的酒杯一扔，让四周的刀斧手一拥而上，铁打的刘邦也会被砍成肉酱。在历史长河中，不要说用各种卑鄙手段杀人越货，仅仅那些在大庭广众之下，文臣武将面前，甚至美色如云的后宫香帏之中，所谓正大光明的屠杀已经不可胜数。诸如此类，数不清的丑行，有哪一宗，有哪一件，能不受批判谴责地流传下来？即便是开创大唐盛世的唐太宗李世民，也因为犯下杀死长兄和四弟这样的罪过，哪怕有白居易、苏东坡这种最高等级的文人为他唱赞歌，也还有像吴承恩这样的春秋笔法大师，借不朽名著《西游记》，让一代唐王患上怪病，必须向佛修禅才能痊愈，暗指"玄武门之变"，为天地人神所无法容忍。

从事关国运的春秋大义，到家长里短的口碑，正是一直以来中国的主流传统。对春秋大义的传承是时代的灵魂所在。如果我们对真正的传统视而不见，不是痴迷于欣赏蝇营狗苟的宫廷野史与官场黑幕，就是把铜臭熏天或情色泛滥的文字当成艺术美学，不仅无法担起民族复兴的历史重任，就连个人的心理健康也很难得到保证。

不管是血气方刚的青年作家，还是岁月无敌的艺术大师，所需要的不单单是有如外科医生拿着手术刀那样的解剖，也不是像科学家那样急于对"未来已来"的超常预估，从灵感产生到作品定稿，需要自觉沉淀的宽大胸怀，需要饱含深意的沉着淡定与执着坚守。

2018 年 8 月 27 日，我去鄂西秭归县的乐平里，拜访当地的骚坛诗社。藏在大山深处的乐平里是屈原的出生地，有六百年历史的骚坛诗社，像是历史特意珍藏的一条文学正脉，生生不息，从未间断。骚坛诗社成员，全部是当地的农民，他们一代接一代地写了上万首诗词，农闲时候，聚在一起，用古老的音韵在屈原庙前相互唱和。屈原庙里有一位 83 岁的看守老人，老人是一位乡村教师，从退休的第一天起，就义务看守屈原庙。那天见面时，老人对我说，屈原庙地处深山，很少有人来，投汨罗江的屈原，灵魂太孤独了，好不容易回到家乡，得有人来陪着，所以自己就天天来这庙里读读诗，写写字，算是与屈原说说话。老先生认为能给屈原做个伴，是自己天大的幸运。人不一定非要成为圣贤，但一定要有一种属于自己的认知圣贤的心路。这些连自己都不认为自己是诗人的普通人，用写在房前屋后的诗词以及田边地头的吟唱，表达了普通人的努力和坚持，造就了潜藏在人民中间的中国精神。很多时候，我们总认为，文化的坚守需要付出超常努力，一般人做不出来。事实上，真正的坚守，都不是什么惊人之举。就像某位邻家女子，一直以来，在那里默默地剪着窗花，贴在玻璃窗上给人以美感。就像爱好书法的街坊，年年春节都会义务给大家写对联贺岁迎春。就像一位省委书记，年轻时在家里拼命干农活，落下了腱鞘炎，几十年后还在隐隐作痛。为了写百万字的长篇小说《圣天门口》，我自己闭关五年，写坏三台电脑，同样落下了腱鞘炎，终于交稿后，乘火车出差时，一连三次，在武昌站，被铁路警察怀疑是从监狱出来的人犯。正是这种在平常日子里的坚守，让五千年文化正脉，化成涓涓细流，绵绵不断，延续下来！

　　小时候，常听家中老人说黄冈的人，个个是贤良方正的，历史上从没有出过大坏蛋，也从来没有人当奸臣。自己虽然记住了"贤良方正"这个词，却没有真的往心里去。多年以后，有机会去甘肃武威附近的祁连山中。在被环境污染糟蹋得不成样子的大山深处，只要有村庄，就能看到那些毫不起眼的人家，门匾上写着极富文采的斋号。但进到屋里看，并没有多少书，甚至说不上是藏书。能有上百本书的人家，就称得上是学富五车了。就是这样的人家，偏偏要弄个在外人看来有些酸溜溜的斋号。恰恰是这些斋号，让我重新回忆自家老人提及"贤良方正"的前前后后。这才明白，这些挂在穷乡僻壤人家的门匾，以及老人们说老家黄冈历史上从未出过奸臣，是在陈述一种文化，是在指引一条能让人活得更好的正脉！

　　对每个人来说，中华文化就是以故乡为代表的源远流长，不是猎奇，不是狂欢，是那些与毫不起眼的平静生活融为一体，不用心思索就有可能糊里糊涂忽略掉的日常品质。在日常用语中，我们常常脱口而出，说大道无形、大辩不语、大智若愚，这些话里也包含有春秋大义的雏形，是春秋大义的初级阶段和基本表现。说大实话，做大实事，当大好人，看上去很蠢，很吃力，正是这种融化在日常生活中贤良方正的笨脑筋、蠢办法，才是我们这些后来者的千秋学问、万古典藏。明白这一点，才有了2018年7月出版的长篇小说

《黄冈秘卷》。前些时，华中师范大学召开《黄冈秘卷》的研讨会，研讨会结束时，刚刚博士毕业的儿子说：十几岁时，他毅然决然地选择与父亲背道而驰。原本以为是离经叛道，走自己的路，想不到绕着地球走了一圈后，又与父亲撞了个满怀。写《黄冈秘卷》，重新认识和理解"贤良方正"，几乎与一个十几岁的少年，决心走自己的路，却最终回到父亲面前，回到传统正途的经历相当。

评论家汪政在谈及《黄冈秘卷》时，认为这是一部向英雄、向父辈致敬之作，并成功地改变了传统的英雄叙事模式，顶住"弑父"的新传统压力，于文明传承层面给出了正本清源的释义。汪政在这里巧妙地使用了"新传统"的概念，其意思会不会是指源自欧美文学中的弑父情结？所谓新传统，会不会是时髦、流行的代名词？果真如此，肯定是靠不住的。

在令人津津乐道的美食中，百分之九十九的武汉人对热干面赞不绝口。但除了过早，没有哪个武汉人会将热干面当成午餐和晚餐。如果一天到晚只吃热干面，排斥大米饭和猪肉、青菜等正餐，当年的辛亥革命首义，就不大可能发生在武昌。可以想象，如果武汉人只吃热干面，汉口、汉阳和武昌三镇，满大街的人都会营养不良，满城的男女老少都是病恹恹的，哪能有推翻封建王朝的铁血性格？正如那种脱离文化品格的作品，个性再突出，风格再独特，也只能成为小品，很难表现出国家和民族的进步与发展。花絮类的东西，可以编成"顺口溜"、急就章，见效快，但很难成为生活的"正餐"，否则，就会影响肌体的新陈代谢。无法想象，如果中国古典文学只有小吃一样的《聊斋》，只有美味的明清笔记小说，而没有提供主要文学营养的《红楼梦》《三国演义》，会是个什么样子？

1996年夏天，我和李存葆在济南第一次见面时，他就说我的小说风格是正面强攻。李存葆的中篇小说《高山下的花环》，对中国当代军事文学产生过巨大的影响，是典型的正面强攻风格。中国军事学术上著名的"三十六计"虽然是路人皆知，真的要彻底解决问题还得依靠不在三十六计当中的"正面强攻"。中国作家中，从古典的屈原、李白、杜甫、曹雪芹，到现代的鲁、郭、茅、巴、老、曹，其创作生涯，无一不是靠正面强攻闻名于世。

正如习近平总书记所说："优秀传统文化作为一个国家、一个民族传承和发展的根本，是人们共有的精神家园，如果丢掉了，就割断了精神命脉，丢弃了灵魂家园。"不解决好日常生活当中的正餐问题，不把贤良方正作为做人做事的根本，不懂得文学更需要正面表现历史与当下，不了解人的肌体中，正脉的生命力是最强大的，就无法解决文学的根本性问题。有经验的中医，通过奇经八脉的疗法，能获得意想不到的疗效。真正想强身健体、益寿延年，还得从正脉上下功夫。

伟大的传统，生活的真相，社会的主流，不只是喊口号、做广告那么简单，就算别人明明白白地告诉我们什么是伟大的传统，什么是生活的真相，什么是社会的主流，也还是需要每个人用心用情用功去体验，用自己的方式去发现，形成自己的艺术个性，体现自己独特的艺术魅力。

2014年出版的长篇小说《蟠虺》，很多人不认识书名上的两个字。第一个字"蟠"，是形容龙或者蛇盘起来的样子。第二个字"虺"，在一般的解释中，表示为蛇或者小龙，"虺"经过五百年修炼变成蛟，蛟经过一千年修炼成为龙。这样的典故，正是这部小说的根，是春秋大义的另一种说法——任何东西，包括关乎历史进步的春秋大义，也需一天天、一年年修炼才能完美拥有。同样是"虺"，还有完全不同的说法：韩非子曾经写过，有一种名叫虺的两头蛇，为了争夺食物，相互撕咬，直到一个头将另一个头吞食下去。这是文学中著名的春秋笔法：表面上，看得见的文字在说一种奇怪的两头蛇，看不见的文字却在批判，人世间那些不堪入目的丑行，正如这种名叫虺的两头蛇，看上去是巧取豪夺，弱肉强食，胜者王，败者寇，实际上是在自己残害自己。贪欲的尽头，只能是自我毁灭。

一部作品如果与古典传统不谋而合，拥有在生死善恶、理想与绝望中体现出来的文化，就是好的作品。而这种文化也是真正的作家永远改变不了的血统。

不管我们有没有发现，也不管我们承认或者不承认，文学的正脉一直存在。就像经典在成为经典之前，与普通事物的观感毫无二致。与那些奇经八脉相比，正脉的生命力始终在那里，有没有人去研究都在发挥作用。要将正脉从貌不惊人的观感中发掘出来，必须经过长期积累，就像研习书法，必须读帖、临帖，还要尽可能到一些碑刻面前久久参悟。只有参悟透了，才会明白，米芾的狂草，是在刀锋上跳舞。这种书法艺术上的铤而走险，必须遵守比楷书还要规范的书写原则，容不得半笔胡来，否则就会成为戏剧舞台上的脏口，成为摄影作品中的过度曝光，成为往日时光中，手拿桃木剑、替人捉鬼的道士，信笔画的谁也认不清楚的捉鬼符。春秋战国时期，看似天下大乱，实际上，越是乱成一团麻，文化的正脉越能显出作为历史前进的唯一线索的重要性。

习近平总书记说，文艺只有根植于现实生活、紧跟时代潮流，才能繁荣发展。任何佳作都是作者所处时代的产物，屈原只能产生于屈原的时代，李白、杜甫、苏东坡也只能出现在千年以前。将春秋唐宋研究得再透彻，还得回到 21 世纪，只有真诚地面对我们的时代，才能写出时代中的我们。

我在 1992 年发表了以乡村教师为典型人物的中篇小说《凤凰琴》，2009年又出版了长篇小说《天行者》，社会上都将我当成乡村教育的代言人。2016年 4 月，我参加湖北省政协举办的"民族地区基础教育问题"调研。在活动结束的协调会上，与会者对一处只有两名小学生，却按照规定配置三名教师的教学点是否撤销，展开热烈讨论。从主管人员到相关专家，依照传统观点一致认为，与其花了钱还无法保证教学质量，不如将两个孩子送到山下有寄宿条件的重点小学就读，既节约了师资成本，不用花这么多钱，还可以让孩子接受更好的教育。在与会者中，只有我持相反意见。我觉得不仅要保留这样的教学点，还要尽一切可能加强。这样的教学点，在教导孩子学习知识时可能有欠缺，但能最大限度地保证孩子们在成长过程中，有温暖亲情和符合道德的人性参与。人性和亲情一旦缺失，所造成的人格缺陷，花再多的金钱也无法弥补。以往乡村孩子与城市孩子在教育上的差别只是知识层面上的，如果只考虑教学成本，强行将孩子们集中到有条件寄宿的学校，就会变成城里的孩子天天能见到自己的爸妈，乡村的孩子成年累月见不着爹娘。城里的孩子放学回家，能冲着大人喊一声，妈妈，我饿了！乡村的孩子，肚子饿了，就只能冲着地摊和小卖部的辣条与方便面孤孤单单地发呆。《芳草》杂志曾委托《中国青年报》记者，做乡村寄宿学校情况调查，其背后的隐情令人不忍直视，在贵州的一所寄宿小学里，孩子们按家庭成员组成一个个小团体，在小团体中，又按年级高低作更细致的区分，由高年级学生扮成课后的爷爷奶奶和爸爸妈妈，低年级学生则扮成儿子和孙子，还有哥哥姐姐和弟弟妹妹，寄宿学生之间有什么事，也都在这些类似家庭的小团体中，按照家中长幼辈分等级决定和处理。似这类强行将孩子送进寄宿小学，造成亲情断裂，将来城乡差别就不仅仅是知识层面，而是更为严重的人性与人格的强烈差别，人性人格一旦出现严重缺失，所造成的后果，对个人是悲剧，对群体是灾难。

这两个事件体现了现代人的两种典型的乡愁，前者是对乡村亘古以来民风淳朴、乡情淳厚的不舍，后者是对乡村变化的焦虑和茫然。

文学中那些没有理想的批判无异于泼妇骂街，没有仁慈的仇恨无异于谋财害命。生活有所欠缺，不等于就是丑陋。生活出现迷茫，不等于没有是非。

生活需要每个人分享时世艰难，不等于冷冰冰地拒人于千里之外。

2016 年秋天，我和一些作家去被列入"精准扶贫"对象的湖北大悟县金岭村，在作家们热烈谈论乡愁的时候，一位与文学从不沾边的长者突然说了一句，乡愁的目的是乡喜！话一出口，就将车上作家全部秒杀。寥寥八个字，就划出一条简单明了、通俗易懂的文化正脉。在生养我们的大地上，最伟大的乡愁是春秋大义，最普遍的乡愁是贤良方正，沿着这条正脉，文学真正表达的应当是乡喜，没有乡喜的乡愁是残缺的，是悲凉的。有了乡喜作为理想，乡愁才显得更有诗意。换句话说，乡愁是分享艰难，乡喜是分享幸福。

二

塑造时代新人，攀登文学高峰，坚持以人民为中心的创作导向，只有深入生活、扎根人民，深刻理解时代，才能坚定文化自信。

湖北监利是全国有名的书法大县，一个县里就有 25 名中国书法家协会会员。2018 年 12 月 22 日，我去监利参加一个书法活动，顺便参观为纪念当地三位著名书法家而修建的泛鹅碑廊，三位书法家都姓王，所以，在书界也有称他们三位是自王羲之、王献之"二王"之后的"三王"。"三王"当中的王轶猛，现人在台湾，在王轶猛的碑帖中，凡是月字，他都不写里面的两横。书法界传说，这是王老先生独具一格的创新。我仔细看过之后，表示了自己的不同看法。俗话说，文无第一，武无第二。王老先生肯定从心里觉得自己的书法不比天下任何人差，但又不能像轻狂少年那样，说老子是天下第一。才假借一个月字，暗表胸中大志。月字中间的两横是个二字，将"二"去掉，不做第二，不就是第一！将月字中间的两横去掉不写，正是王轶猛先生对自身文化地位的一种自信。

关于书法，我写过一篇短文，作为2016年4月个人书法展的序言，其中有几句话说："天下艺术，依仗黑色而登峰造极者，除去汉字书法未见第二例。""没有黑色就没有汉字书法，离开汉字书法的黑色也无独领风骚之日。"

按理说，全世界独一无二的汉字书法，不存在文化自信的问题。但在一些书法家的潜意识中，是否有某种自信的缺乏？在我看来多多少少有一点点。书法明明是作为汉字艺术的登峰造极，一旦变得汉字不像汉字，横竖撇捺等基本笔画变成了雾里看花，还硬要强词夺理，说成是章法上的创新发展。不去研究如何更好地着墨，而对所谓的飞白津津乐道。甚至还想方设法，将本该着墨的笔画，留出大片的空白。书法中的飞白，也可以当成是一种奇趣。但在本质上，飞白毕竟还是书法功力不足的表现。如果真的当成书法要素来研习，就会成为东施效颦。一个热爱汉字，懂得汉字，了解每一个汉字都有渊源的书法家，断断不会故意将字写得一塌糊涂，一定会首先想到不能写得让人不认识。在此基础上，再来表现汉字的美不胜收。为什么作家们只要开始用毛笔写字，很快就能上手，既有气韵，也引人入胜？是由于写小说和诗歌时，必须字斟句酌，从数不清可用的字句中，选择最有表现力的字句，对自己所写的字句，怀有足够的感情。因为有感情，自信心就不成问题。就会在下笔时，认真善待，不会写得美丑错位。

坚定文化自信，同样必须对自身文化有充分的认知。

2016年8月，第四届汉学家文学翻译国际研讨会上，中国作协安排我担任大会总结报告人。会议正式展开研讨之前，我曾猜想，汉学家与中国作家们会从何种角度进到这个话题中。来自西班牙马德里自治大学的达西安娜·菲萨克女士第一个发言，便出乎意料地从一个小到不能再小的角度进入其中，并引起研讨会期间持久的热议。达西安娜·菲萨克女士开门见山地谈到中国人名用拼音方式翻译，很不好，无法传达中国人的姓名中包含的广泛的意义，而且用拼音很容易出现雷同。这个话题讨论了近两个小时，因为这个问题恰到好处地点出中国人姓名的关键所在：中国人的姓名是中国文化最基本的表现，那些只希望自己的孩子能活下来的父母，相信名字越卑贱，孩子越好养大。有文化的人给孩子取名，则会考虑多重寓意。

对生活的深入，对文化的进入，不管是外国人，还是中国人，都是从最基本的地方着手。中国人的姓名，是中国文化的基本单元，更是一个人文化命运的起始。看上去姓名只是一个简单的符号，实则大不简单，只有几个字的姓名，对任何一个中国人来说，是睁开眼睛就要面对的文化熏陶与心理警醒。

有这样一个关于父亲与儿子谈自己拥有的财富的故事：美国父亲告诉儿子，说自己有一百万美元，接下来会马上说，这些钱是我挣来的，与你无关，你的钱要靠自己去挣。中国父亲对儿子说自己有一百万人民币时，一定会加上一句，这些东西老子生不带来，死不带去，往后都是你的。但凡讲这个故事的人，都是将这个故事当作中国人对下一代教育失败的例证。我第一次听到这个故事和关于这个故事的结论时，就强烈地表示反对和不认同。表面上，这是一个关于财富的故事。实际上，它十分准确地表现了中国文化与其他文化的一大区别。中国家庭文化是以"仁""孝"为主轴的，长辈与晚辈谈自己的财产时，不仅是长辈对晚辈的嘱托，更是晚辈对自己家族责任和义务的承接。不懂得中国文化的奥妙，没有深入了解普通中国人的生活方式，就很容易受到这种在互联网线上和线下流行的说法的蛊惑。1960 年代以前，鄂东大别山区还在流行一种风俗，孩子生下来后，家人会将胞衣（胎盘）埋在后门，等到孩子长大成人，要出门做事时，家里的长辈就会将那个地方指给孩子看，说你妈妈生你的胞衣就埋在这里。前几年，我去福建的永定土楼，才知道这个风俗在客家人中也有流行，客家人是将婴儿的胎盘直接埋在自家厨房的门槛下面，无论孩子长大后走多远，都会记得与自己同在的另一块血肉还埋藏在家里。中国文化讲究血浓于水，看重血脉相传，与中国文化相关的东西只有放在生生不息的血脉之中才能体现特定的中国经验、中国理论和中国精神。西方对人的研究，往往会从医院与教堂的出生记录开始，所以，才会不时见到某某医院或者教堂里发现某某著名人物相关记录的新闻。中国文化中对人的研究是从地方志和家谱开始的，哪怕是最普通的家谱，也能上溯几百年中的几十代人。抛开血脉传承，就事论事的价值判断是没有意义的。文学艺术之所以在历史进程中从不缺席，就是因为文艺作品是文化血脉的重要传承方式。

1970 年代，在湖北随州出土的曾侯乙尊盘，被称为国宝中的国宝，其制造工艺繁复，时至今日也无法得出结论。世界上的青铜文化分为两大流派，一是中国的范铸法，一种是欧洲的失蜡法。两种青铜文化在各自流传的地域都有十分完整的考古证据链。曾侯乙尊盘出土后，有考古人员在没有任何考古证据的情况下，想当然地认为如此奇妙无比的曾侯乙尊盘，是在春秋战国由子虚乌有的失蜡法制造的，还为之欢呼雀跃，说中国的青铜文化中终于也有失蜡法了。如此判断，若是学术探究，当然没有问题。问题在于青铜学界有股暗流，认为中国青铜文化中的范铸法，其源头来自欧洲的失蜡法。事实上，依据亚洲和欧洲各自的考古证据链，范铸法和失蜡法，几乎是在同一时期，分别出现在东方和西方，各自都有源流的两种青铜文化。分明是中华文化的代表性器物，非要与欧美搭上渊源才踏实，这就像人的脊梁出了毛病，无法真正站立起来。

长篇小说《蟠虺》，写了这段国内考古界的公案。拥有世界上独一无二的曾侯乙尊盘，并不代表后来者会自然而然地继承这份用青铜铸造的文化自信。

传承好祖先创造的精神财富，无疑是每一代后来者的命运。所以说，灿烂的《诗经》需要用今天的新诗来发扬光大，高处不胜寒的《红楼梦》需要用今天的小说来延续血统，要用后来者的笔，来实践李白、杜甫、苏东坡当年的文学实践。

文化自信不能仅仅仰仗往日的辉煌，文化自信与深入生活、扎根人民有着深刻而强大的逻辑关系。21世纪的中国，在十几亿人民的勤奋努力下，出现数百年来罕有的沧桑变化，民族复兴的梦想距离实现已近在咫尺。现实生活中但凡对国家建设成就妄自菲薄，根源都在于不愿承担责任的轻浮，将道听途说、捕风捉影的传言，当作事物的真相，甚至误以为发现了真理。

写完《蟠虺》后，我暂时放下手中的笔。于2015年夏天，将南水北调工程实实在在地走了一遍。2016年到2017年，又进行"万里长江人文行走"，从长江入海口一直行走到青藏高原上的三江源。深深感受这些年来，国家在各个方面出现的深刻变化，了解到这些变化的真实现状，对比互联网线上和线下那些别有用心的水军与不明真相的吃瓜群众所传播的相关段子，实在是天壤之别。

文学创作与那些用来消磨时光的闲聊不一样，文学作品既要对真相负责，也要纠正那些被歪曲的真相。对真相了解的程度越深刻，文学创作的自信心就会越强大。

文学艺术的特性是对灵魂的表达。也只有文学艺术才能够与人的灵魂进行交流，并想出办法，将看不见的灵魂，变成具体形象传播开来，传承下去。文学创作的认知态度、认知方式与文化自信密不可分，不仅关系文艺作品的成败，也关系本民族文化精神的存废。

经典文学艺术是文化自信的产物，对经典作品的认定更是文化自信的表现。改革开放近四十年来，中华民族的大发展，放在人类发展史上看也是绝无仅有的。作为 21 世纪的中国作家和艺术家，要用通过自己独立认知所获得的艺术灵感，理直气壮地告诉世界，中国经验与中国精神的经典化，是源远流长的过程，任何对这种过程的傲慢和无礼，都会成为中国社会向前发展的更大动能。

三

聚焦新时代新风貌，创作推出更多讴歌党、讴歌祖国、讴歌人民、讴歌英雄的精品力作关键在于家国情怀。

习近平总书记在全国宣传思想工作会议上强调"把提高质量作为文艺作品的生命线，用心用情用功抒写伟大时代，不断推出讴歌党、讴歌祖国、讴歌人民、讴歌英雄的精品力作，书写中华民族新史诗"。

历史与现实都少不了英雄，社会生活中"英雄主义"从来不会缺席。在文艺作品中，天下第一英雄当数项羽。写项羽写得最好的人，按道理应当是诗圣杜甫与诗仙李白，或者是仰天长啸壮怀激烈的岳飞，和写大江东去浪淘尽千古风流的苏东坡，再不就是那一群群醉卧沙场的边塞诗人，无论如何也不应当是婉约派诗歌的头号写手李清照。可见文艺作品的风貌与情怀，有着不以人的意志为转移的铁打的规律。

公元 1129 年，江宁府（也就是现在南京一带）知府赵明诚，奉命调任湖州知府。朝廷圣旨刚到，继任知府还没来得及与之交接时，赵明诚手下的御营统制官王亦突然发动叛乱。仍旧是江宁城最高长官的赵明诚表现得非常不男人，大敌当前、大难临头，竟然当了可耻的逃兵——赵明诚见势不妙，与另两位官员一道"缒城而逃"——就是在城头的墙垛上系一绳索溜之大吉，置全城百姓安危于不顾，其中还有赵明诚的爱妻李清照。危难之际，幸亏一位姓李的下属挺身而出，组织力量平定叛乱。事情过后，赵明诚带着李清照一道乘船赴湖州上任。行至当年项羽兵败自刎的乌江镇时，李清照想起那个叫项羽的男人，身临绝境，本可以堂而皇之地脱身，偏偏要义无反顾地选择慷慨赴死。而与李清照一起站在船头的这个男人，肩负守土之责，却弃城逃命。一时间，她百感交集，写下了千古绝句：生当作人杰，死亦为鬼雄。至今思项羽，不肯过江东！古往今来那么多写项羽的诗文，都不如李清照，原因就在于他们缺少李清照的那种爱到骨髓，也痛到骨髓的感受。虽然在诗中，李清照每个字都在写项羽的英雄盖世，然而在诗的背后，每个字都是对赵明诚贪生怕死、不仁不义行径的莫大痛斥。

读李清照的《夏日绝句》，最让人感怀的是诗中饱含血泪的"不肯"二字。李清照的一句"不肯"，包含千种愁肠，万般心结。她没有骂谁是"软骨头"，也没有抱怨谁是"胆小鬼"，却让赵明诚惶惶不可终日，在湖州知府任上才一年时间，就一病不起。李清照在这里用了最普通的"不肯"二字，没有用别的更能与"人杰""鬼雄"相匹配的豪言壮语，表现了一个妻子对丈夫必须担责的最低要求，也是一个女人陷入绝境时，对命运的叹息。更是一代才女，突然从幸福的巅峰坠入恐怖的幽谷时，给这个世界划出的一道做人做事的底线，面对某些不可预期的变故、某种很难抗拒的灾难，即便无法反对，也无法抗争，最差也要做到"不肯"。

"家国情怀"是说国与家是联系在一起的整体。一个不爱家的人，是不可能爱国的，一个爱国的人，一定也爱他的家。鲁迅有诗：无情未必真豪杰，怜子如何不丈夫！李清照写项羽，不是在怀古，而是在写血淋淋的现实。这时的李清照，已不是一个愁字了得，而是痛字了得。李清照诗中的现实看上去是项羽、是乌江、是送别爱妻与坐骑后自我了断的天下第一英雄，真正的现实却是江宁城中的那个恐怖之夜，是街上那些杀人不眨眼的恐怖分子，是自己那颗有可能被叛军剜掉的小心脏，是前天还是名满天下的才女、昨晚却成为可怜的用一百个寻寻觅觅冷冷清清凄凄惨惨戚戚的叠词叠句也无以表达悲哀的弃妇。正因为现实如此惨不忍睹、如此痛苦不堪，李清照才更需要浪漫和理想主义的表达。这种理想和浪漫，为她创造了一位怀国怜家爱人的天上第一人杰，地下第一鬼雄。

2017 年 7 月上旬，我又去南海走了一趟。这一趟走下来，真正感觉到这个时代的作家太需要一支书写这个时代的大写的笔。在永兴岛，全岛的人天天早上迈着正步，走过只有两百米长的北京路，到小广场上举行升国旗仪式。在茫茫南海深处的赵述岛上，只有夫妻二人，两口子 18 级台风也吹不动，每天早上都会升起五星红旗。这样的诗意没有丝毫功利，是任何人用肉眼也能看得见的"位卑未敢忘忧国"，是 21 世纪版的"王师北定中原日，家祭无忘告乃翁"。

面对时代，就像面对壮阔的南海和小小的永暑礁，大时代中的个人生活，可以分割成有鲜明个性的无数小时代。数不清的小时代散发出风格迥异的光艺，反过来又为大时代增添光彩。大时代不会夺走小时代的生命力，小时代则要凭借大时代，让自身更具活性。中华民族复兴的伟大事业，需要有伟大的文化精神，这是大时代的需要，也是小时代的终极归宿。大时代的文学，小时代的作品，都是文化精神所不可缺少的。在时代面前，从来不会有自生自灭的小花小草，从来不会有只要一杯水就能活得好好的小鱼小虾。万物花开之际，小花小草才能茂盛生长。江海横流的地方，小鱼小虾才能活得无忧无虑。

一部优秀的作品，首先要获得自己家族和自己国家的人的由衷敬爱，这样的作品往往道出家人与国人心声。《天行者》所描写的民办教师群体，对许多人来说是很陌生的，因为写了所有普通人都明白的个人得失与生存意义，卑微者的价值也可以是崇高的，世界虽然暂时没有关注自己，自己也可以就是全世界的"家国情怀"，才让不分城乡的读者都有共鸣。

在现实面前，作家不能只是旁观者，也不可以是那种随大流跟着最大声音的起哄者。作家这一行最不同寻常的本领，是从十万个共鸣声中将自己的声音区别出来，回过头来再引领十万人的共鸣。

2017 年 7 月下旬，我领着"万里长江人文行走"团队，经过四个阶段，共四十天的长途跋涉，从长江入海口的崇明岛，来到遍地是藏羚羊和藏野驴的可可西里深处。那天，我们在沱沱河边休息时，随行的一位记者突然对我说：刘老师，你只怕是有史以来将长江全程走完的第一位作家?！此话一出，顿时将我吓得不轻。我是在长江边出生，在长江畔成长，然而我从没想到这样的行走能与伟大牵连到一起，只是觉得当作家的，有机会脚踏实地，沿母亲河好好走一遍，机会太难得了。那位记者的话，总让人觉得不太真实。离开长江源头的沱沱河，从格尔木坐火车到西宁，又乘动车到兰州，再换乘高铁，经过西安、郑州、武汉和长沙，直奔广东韶关，这种现代化的速度和节奏，让我想通了。在屈原、李白、杜甫和苏东坡的时代，将万里长江从头走到尾，如同 21 世纪的人类，想要抵达宇宙边缘一样不可能。但在今天，只要我们有意愿，有激情，身体健康也有保证，今天在长江的入海口看白天鹅和海上日出，明天到唐古拉山下，与黑颈鹤和雪莲花零距离接触，普普通通的人都能做到。国家的发展和进步，不要说金沙江以下，就连从前让人谈虎色变，作为生命禁区的可可西里腹地都在见证。车轮所到之处，公路全部黑色化，任何路段上都有手机移动网络的 4G 信号。如果谁有兴趣，又不怕高原反应，完全可以一试身手，开着车到可可西里跑一趟，既能发现自己作为生命个体的崇高，更能感受国家的伟大进步。

文学艺术是伟大而永恒的，文学艺术元素是日新月异的，作家和艺术家的认知能力、创造能力也需要不断成长。文艺工作者在成为历史与时代的书记员时，不能忘记自己就是这部史诗的亲历者和创造者。

在我的第一部长篇小说《威风凛凛》的开篇，写了这样的一个故事：牧师和修女一起外出布道，半路上遇见一飞鸟，从头上飞过，刚好将一坨鸟粪拉在牧师头上。牧师下意识地骂了一句脏话。一旁的修女马上提醒说，牧师是上帝的使者，作为天使是不能犯错的，否则，就会受到上帝的惩罚。牧师自知有错，连忙点头称是。没走几步，空中飞来第二只飞鸟，不偏不倚，将第二坨鸟粪拉在牧师头上。牧师没有控制住自己的情绪，又骂了一句脏话。修女见状，再次提醒牧师，如此一犯再犯，上帝真的会发怒惩罚他。牧师也再次真心认错，表示决不再犯。却没料到，第三只飞鸟飞过来，第三次将鸟粪拉在牧师头上。牧师实在忍不住，脱口骂了第三句脏话。修女也第三次提醒说，牧师这样一而再，再而三地犯错，上帝肯定不会原谅他。话音刚落，晴空一声霹雳，但见修女应声倒地。牧师眼睁睁地看着这一切，百思不得其解：坏事是我做的，脏话是我说的，受惩罚的人应当是我，好生生的修女怎么会代我受过呢？就在这时，空中传来上帝的一声叹息：糟糕，打错了！人吃五谷杂粮，不可能不生疥癣之疾。人走四面八方，不可能不走错路、坐错车、认错方向。人要舞文弄墨，不可能不写错别字，说糊涂话，连上帝都会犯错，何况普通人！然而，真正的文学，一定永远在正途上，永远代表一个时代文化精神的正确方向。

古老戏曲如何"致青春"

杨　俊

一、黄梅戏的艺术风格和美学定位

任何文化与艺术，都有它独有的个性风格和艺术审美。人们在追寻与探索的路上也在深入思考着黄梅戏的艺术风格和美学定位。从黄梅戏代表剧目，如"老三篇"《天仙配》《女驸马》《罗帕记》，到20世纪80年代马兰主演的《龙女》、我主演的《孟姜女》，再到新世纪韩再芬主演的《徽州女人》、我主演的《妹娃要过河》等剧目，黄梅戏就如同那"树上的鸟儿"飞遍了大江南北，也飞进了大家的心里。黄梅戏给人们带来的美好和浪漫是印刻在心的。比如《女驸马》《牛郎织女》《天仙配》，它是几代人的记忆，它深入人心，在接地气的表达上，不会给人留下高高在上的感觉，只会沁人心脾，这是黄梅戏的风格和个性的表达所决定的。从黄梅戏代表作来探索，《天仙配》是一部家喻户晓的剧目，人们之所以喜欢看，是因为这部戏另辟蹊径，从爱情故事着手，从人、情、爱来发展。"看人间董永将去受熬煎。""我看他忠厚老实长得好，身世凄凉惹人怜。""神仙岁月我不爱。""我若与董永成婚配，好比那莲花并蒂开。"这些质朴而又美好的唱词，并不虚无缥缈，真诚直入人心。再如《女驸马》本是一部宫廷戏，想到宫廷戏自然有它的"套路"，而且在戏曲传统程式里好多的"套路"和"规矩"是不能破的。这部戏又是"不守规矩"地呈现。一段脍炙人口的唱段"为救李郎离家园"中，"原来纱帽罩婵娟。""为了多情的李公子，夫妻恩爱花好月圆。"多么简单的词语，多么质朴的表达。正是如此，观众才会喜欢，因为它贴近生活贴近人民，表达了人们对美好生活的一种向往。这种质朴真诚的艺术个性，这样自然清新的艺术风格，是黄梅戏独有的。这就是黄梅戏的艺术风格，带着人间质朴的气息，散发着清新脱俗的芬芳，真诚地用心表达，不夸大，不张扬，独自静好，却也令人入迷。

黄梅戏至今仍然保持着它的特质，遵循且延续着它的韵味，而它的美学意识形态和审美定位也由此形成。作为一种审美对象，在众多的艺术门类中，黄梅戏独树一帜并已形成了属于自己的特色：秀而美、温又婉、清新、灵动、自然、芬芳，这一点大家是有目共睹的。著名导演张曼君在执导现代风情黄梅戏《妹娃要过河》时，曾评论黄梅戏的艺术风格是："黄梅戏给人一种温润入心的感觉，这种别致的温婉，浸透于心与魂、灵与肉中。"作为黄梅戏从业者，我们一定要知道黄梅戏好在哪里，文化自信到底建立在什么样的基础上，这非常重要！作为一个较有影响力的剧种，黄梅戏更加要有自己的美学定位，否则就没有独特性。

我的师父余笑予经常强调"黄梅戏艺术作品要讲究，不能将就"，讲的就是黄梅戏的艺术表现形式。都说"男怕《夜奔》，女怕《思凡》"，黄梅戏《双下山》的艺术表现形式，与昆曲截然不同，它摒弃了烦琐的程式，把清新与灵动贯穿始终，把一个情窦初开的少女之心展现得淋漓尽致，再加上小和尚的青春懵懂、老和尚的幽默搞笑，那么传神，那么灵动。那种青春洋溢，那种爱情渴望，那种叛逆不羁，那种温柔的野性、妩媚的放荡、可爱的挑逗，让"思凡"变成了一种独特的艺术呈现方式，这部戏是湖北黄梅戏的发展过程中一部非常重要的作品。我之前去国外演出的时候，表演的就是一些大家耳熟能详的唱段。国外观众听完之后觉得很好听，认为这就是中国的"乡村歌剧"。我第一次从另一个角度听说这样的评价，我认为这是外国人对黄梅戏较高的评价。外国人不懂黄梅戏，懂的是音乐和音乐里流淌的东方文化精髓。

二、黄梅戏剧种的发展壮大创新

进入新世纪，黄梅戏在发展过程中也像其他剧种一样受到了严峻的挑战，究其原因是当今社会的现代化打破了传统的思维模式，黄梅戏传统的剧本和表演方式已经不能吸引观众眼球了，必须适应市场需求，加快戏剧节奏，强化故事性，实现剧目创作与生产的多元化，融入现代艺术元素，增强视听效果，重视城市市场的开拓，加大政府对戏曲的扶持力度。这些已成为当代艺术家的共同目标。

戏剧家魏明伦曾说："戏剧不景气的原因是缺乏市场运作。"这个观点道出了戏曲发展与市场间的重要关系。我们一是应正视市场化对于戏曲发展的重要性，尊重戏曲的本质特征与历史实践，使其进入艺术的良性发展。二是应适应当代观众的审美需求，在尽量保留戏曲独特韵味的同时，增强故事性，加快戏剧节奏，从而吸引更多的观众，尤其是年轻观众。三是应多上演内容上反映现实生活，思想上与广大老百姓的伦理、道德、价值观念相吻合的现代戏，让观众能从舞台上看到自己真实的形象、真实的生活，尤其对那些能抒发自己的痛苦、郁闷、欲望等社会诉求的剧目，更会从心底里喜欢。因此，创作贴近生活、适合大众口味、"讲述老百姓自己的故事"的好戏是赢得市场的关键。四是应加速对传统经典剧目改编和重排，在传统经典剧目改编中融入现代观念、思想，使其在保留传统精华的基础上推陈出新，这样既有利于经典的流传，又能促进传统的创新。五是应融入现代艺术元素，增强视听效果。为实现这一转变，2011年我们进行了大胆尝试，将土家歌舞的野性张力与黄梅戏的温柔缠绵有机融合，让鄂西土家族文化与黄梅戏艺术联姻。在音乐处理上，运用黄梅戏经典唱腔，土家族民歌《龙船调》音乐元素贯穿始终，让黄梅戏《妹娃要过河》与《龙船调》相得益彰，既凸显了黄梅戏的剧种特色，又彰显了土家族音乐文化特征，真正实现了土家族音乐文化与黄梅戏的完美融合。将土家族特有的"茅古斯"，以及"峡江号子""哭嫁"等民俗传统文化融入其中，增加了该剧的色彩，扩展了该剧的空间，丰富了该剧的表达形式，为黄梅戏的传承与发展展示了又一个新的模式。我们欣喜地看到，黄梅戏的这次改革是顺应时代发展潮流的，是可行的。观众看到的这部戏是新颖时尚又不失传统的，该剧自2011年2月底首演至今，已获得全国多个奖项，成为鄂派黄梅戏的里程碑之作。六是应重视城市市场的开拓。对于广大戏迷来说，城市剧场提供的氛围是无法替代的，我们要充分利用剧场效应，大力发展适合戏曲表演的各类剧场，逐步形成稳定的高雅文化形态与艺术受众群体。七是应加大政府购买力度，让其既能"闯市场"又能"靠市长"，这样可以增强演出团体的信心和积极性，从而让其克服困难，进行长期演出。

黄梅戏，你的美就好像你的名字一样散发着芬芳；

清新、秀美、自然、芬芳、温婉、灵动；

人们用尽了辞藻去赞美你，你却婉拒了；

你说你来自山野间、泥土中，本是简单。

给予我们美好，温润我们心窝；

你本就质朴、真诚、简单；

简单是一种高级；

我说简单，其实很难！

我想踏着这条"简单"的路，简单地走；

我愿做一个行者，去散播你的芳香！

论民歌《龙船调》的历史传承、艺术特色和启示

黄中骏

湖北利川的民歌《龙船调》产生于 20 世纪 50 年代。六十多年来，《龙船调》被一代又一代的歌唱家们作为民歌经典曲目演唱，很多民族传统音乐研究者不断地对《龙船调》进行多学科的深入研究。20 世纪 80 年代，《龙船调》被联合国教科文组织评选为世界 25 首优秀民歌之一。如今，《龙船调》已成为最具影响力的湖北乃至中国的"音乐名片"。《龙船调》的传承展演对在新时代如何实现民族音乐传统的创造性转化、创新性发展，具有现实的启示意义。

一、《龙船调》蕴含的民族音乐传统基因

《龙船调》源自湖北利川民歌《种瓜调》，产生于人民群众的劳动生活和社会生活之中。这首民歌旋律流畅、节奏明快，生动地表现了当地人们的生活情趣，集中体现了鄂西南及武陵山地区传统民间歌曲的鲜明特色，其蕴含的地域性民族音乐传统基因主要表现在以下几方面：

1. 音调方面

在歌曲的音列及旋律骨干音方面，《龙船调》是以［Sol、La、Do、Re］四声音列作为传统五声音阶的基础，以［La、Do、Re］和［Sol、La、Do］为骨干音创腔编曲。第一乐句为以［Do、Re、Mi］为骨干音向以［La、Do、Re］为骨干音的靠拢进行，歌曲的中间乐句为以［Mi、La、do］为骨干音向以［La、Do、Re］为骨干音的靠拢进行。这些均为当地传统的行腔编曲习惯。在歌曲的调式色彩方面，《龙船调》是一首终止于［Sol］（徵）调式的民歌。但是，由于其编创者受制于传统的行腔编曲习惯，以［La、Do、Re］为旋律骨干音创腔编曲，所以整首歌中，调式主音［Sol］（徵）十次出现，但八次系经过音，而［La］（羽）、［Re］（商）两音在旋律中却非常突出，反复吟唱，给人留下这首［Sol］（徵）调式民歌含有［La］（羽）、［Re］（商）特性和色彩的鲜明印象。像这样具有浓郁的［La］（羽）、［Re］（商）特性和色彩的［Sol］（徵）调式的民歌，当地的人们可以信手拈来。

2. 音调节奏方面

音乐学界一般以音调进行中发音点的长短、疏密将民歌音调节奏分为四种类型：发音点平均的均分型节奏类型；发音点先长后短、先疏后密的顺分型节奏类型；发音点先短后长、先密后疏的逆分型节奏类型；发音点的长短密疏相错落的切分型节奏类型，《龙船调》从整体上是以逆分型节奏类型为主进行音调编创的，这与鄂西南及武陵山地区传统民间歌曲的节奏特点一致。

3. 曲体结构方面

在民歌演唱和编创中出现主词与衬词的交互运用是一种司空见惯的现象，

然而，当主词、衬词各自形成一个段落的时候，主词段、衬词段的交替演唱、编创，就会带来歌曲结构的变化。当主词段、衬词段浑然一体、交融演唱编创的时候，歌曲结构的变化就会更大了。鄂西南及武陵山地区传统民间歌曲中，存在大量主词段、衬词段交替演唱编创的对比性曲体结构形态和大量主词段、衬词段交融演唱编创的穿插体曲体（当地俗称"穿歌子"）结构形态。综观《龙船调》的曲体结构，这首歌是交替演唱编创了歌曲的主词段与衬词段，使整首歌曲自然形成了两大对比性段落的结构形态。

4. 音调旋法方面

由于民歌的演唱编创是以各地方言为基础的，所以语调（尤其是方言声调）对地域性、民族性民间歌曲音调旋律的制约性因素是很大的。学界一般依语调与地域性、民族性民间歌曲音调的关系，将民间歌曲音调的旋律分作四种类型：（1）以用当地方言声调来念韵白句所产生的"语调的旋律"；（2）以用当地方言声调来歌唱双声叠韵式词句所产生的类似"快板腔"式的"韵调的旋律"；（3）以用各地普遍流传的、已成为各地习惯性旋律骨干音选择样式来"依字行腔"演唱的"腔的旋律"；（4）以用具有较强音调性、词曲结合比较固定的"曲牌"来"依声填词"演唱的"调子的旋律"。《龙船调》的旋律类型为：歌曲主词段所形成的"语调式旋律形态"与歌曲衬词段所形成的"腔式旋律形态"形成对比。

《龙船调》所蕴含的音调旋法方面的传统基因主要表现为：一是简洁，全曲用音少而精，［La、Do、Re］和［Sol、La、Do］作为旋律骨干音，在编创中处核心地位。二是级进，是《龙船调》旋法进行的主要倾向。它的旋律骨干音为旋律以二度、三度的级进进行为主形成了总体框架。三是音域不宽，《龙船调》以不超过一个八度音域的"自然型音列"行腔编曲。四是高起低落，是《龙船调》所体现出的旋律性特征。它的音调往往具有乐句起音高，经过二度、三度为主的级进后，往低趋向于旋律音调终止音的下行线性特点。这些传统基因使其音调旋律具有了委婉、平和、柔美、略有起伏和旋律骨干音鲜明、突出的总体风格。

二、《龙船调》的传承展演历程

深深扎根民间艺术沃土的《龙船调》，经历了长久的不断的传承展演历程。《龙船调》从一枝山野奇葩展演发展成为具有影响力的湖北乃至中国的"音乐名片"，彰显了其强大的艺术生命力和艺术魅力。

1.《龙船调》的传承展演历程，体现出国家决策与倡导的巨大引领作用

中华民族自古以来就有采风的传统。《诗经》中的《国风》篇，收录了周南、召南、邶、鄘、卫、王、郑、桧、齐、魏、唐、秦、豳、陈、曹共15个地区（"国"）的民歌160篇。《汉书·艺文志》载："古有采诗之官，王者所以观风俗，知得失，自考正也。"《楚辞》亦记录了先秦时期代表性民风民俗。《汉乐府》记载的"相和歌""西曲歌"等，唐代乐坊记载的"燕乐""竹枝词"等，均为古代民俗民风中民歌的遗存。

中国共产党历来高度重视民族传统文化工作。单就音乐方面而言，在20世纪20、30年代的中华苏维埃时期，就大力倡导这项工作，产生了许多用民歌传统音调填词的"红色革命歌曲"，如《八月桂花遍地开》《十送红军》等。在20世纪40年代的延安时期，更是大力倡导和推动文艺工作者深入生活，深入人民大众向民族民间学习，在民族文化传统的传承、展演方面取得

了丰硕成果。1949 年新中国成立后，党和政府立即将这项工作提上日程。1952 年中共中央宣传部颁发了《关于收集整理民族民间文化艺术遗产的通知》，随后在全国范围内开展了一直延续到 20 世纪 60 年代的民族民间文化遗产收集整理工作。在党和政府的决策、倡导下，于 20 世纪 70 年代末在全国开展的"十大民族民间音乐集成"的收集、整理、编辑、出版工作一直延续到 21 世纪初。21 世纪以来，随着非物质文化遗产保护工作的深入开展，对民族传统文化的国家决策与倡导，升华到国家法制层面，为这项工作的深入持久开展提供了法律保障。正是党和政府一系列英明决策和强有力的倡导所产生的巨大引领作用，使包括《龙船调》在内的民族民间音乐艺术处于其传承展演历程中的最好时期。

2.《龙船调》的传承展演历程，体现出音乐和文艺工作者所贡献的强大推动力量

国家决策与倡导的巨大引领作用，极大地激发了音乐工作者的积极性。20 世纪 50 年代中叶，基层音乐工作者周叙卿、黄业威慧眼识珠，在湖北利川柏杨坝发现并收集到了《龙船调》的前身《种瓜调》，并将其整理记录成曲谱，使这首原生态的口头传承音调有了谱面形式。然后，通过从县（市）级到州（专区、地区）级、从省级到国家级层面的音乐工作者们不懈地倾情演绎，通过一批又一批专业音乐工作者的"二度创作"甚至"多度再创造"，终使《龙船调》成为民歌经典，登上国际舞台，充分体现出音乐工作者在民歌经典《龙船调》的传承展演历程中所贡献出的强大推动力量。

各级音乐工作者在《龙船调》以歌曲形式的传承展演方面所作贡献的标志性事件有：1958 年，恩施地区歌舞团文艺工作者毛中明、杨玉钧等人为参加"建国十周年湖北省民间音乐舞蹈汇演"，开始对《种瓜调》进行改编。

1959 年 9 月，恩施地区歌舞团的杨玉钧、向彪、谭少平、汤成华等 10 人，以《种瓜调》改编成的《龙船调》参加了"湖北省庆祝建国十周年民间音乐舞蹈汇演"，随后湖北省组团赴京进行了汇报演出。20 世纪 60 年代中，歌唱家刘家宜演唱的《龙船调》由中国唱片社制作成唱片。同期，歌唱家王玉珍将《龙船调》唱到了日本，《龙船调》首次走出国门。20 世纪 80 年代，《龙船调》被联合国教科文组织评选为世界 25 首优秀民歌之一。我国许多歌唱家都将《龙船调》作为经典民歌曲目演唱，使《龙船调》真正走出国门，走向世界。

专业音乐工作者在《龙船调》以音乐形式的传承展演方面所作贡献的标志性成果有：（1）以《龙船调》音调作为素材的音乐创作不断涌现，如方石创作的《新编龙船调》，体现出在代表性（核心）音调（即传统音乐基因）基础上的变异性创作。王原平创编的《新龙船调》，以"嫁接式"编曲方式，以混融性的音调特点，体现出传统民歌音调的基本状态和在传承展演中的渐变性等。（2）对《龙船调》歌曲表现形式进行了广泛开拓，在独唱基础上，展演成对唱、小组唱、表演唱、合唱等多种形式。如陈国权创编的合唱《龙船调》，在坚持民族音乐"母语"的基础上，对《龙船调》进行了多声部的音响渲染、多层次的情景表现、多角度的情感抒发，受到了合唱艺术界的高度评价。（3）以《龙船调》所蕴含的民族、地域音乐传统基因作为创作动机的音乐作品也多有问世，代表性作品有方石创作的小提琴协奏曲《龙船调》，整合了民歌《龙船调》的音乐元素，并参考该民歌所表现的内容及情节，采用主题变奏手法，运用具有"交响"性效果的纯音响形式，表现了土家妹娃的灵秀气质和淳朴性格以及对爱情和美好生活的追求与渴望。该作品 2013 年由梅纽因国际青少年小提琴比赛获奖者、小提琴家叶莎独奏，德国法兰克福室内乐团协奏并亮相于德国，受到了广泛好评。

专业文艺工作者在多个文艺门类中，运用不同的文艺形式，为《龙船调》的传承展演贡献着智慧和力量。以《龙船调》为题材的文学作品有：王玲儿著的长篇纪实散文《龙船调——关于一首歌的非虚构记忆》，叶梅著的小说选《妹娃要过河》等。以《龙船调》为题材的歌舞作品有：情景歌舞《夷水丽川》（利川本土作品），民族风情歌舞诗《龙船调的故乡》（湖北民族歌舞团编创），双人舞《妹娃要过河》（徐小平编创），双人舞《哎呀我的哥》（李鸣曦等编创），情景歌舞《妹娃要过河》（《家住长江边》剧组编创），广场舞《新龙船调》（湖北省群众文化馆编）等。以《龙船调》为题材的影视作品有：电影音乐诗画《神话恩施》（湖北电视台贺沛轩执导）、电影《妹娃要过河》等。以《龙船调》为题材的戏剧作品有：黄梅戏《妹娃要过河》（湖北省地方戏曲剧院编创）等。这些不同艺术门类、不同文艺形式的作品，都极大地扩展了《龙船调》的传承展演空间，充分体现了民间艺术的张力。

音乐理论评论工作者也不断地为《龙船调》的传承展演贡献着自己的智慧。他们对《龙船调》音乐本体的分析研究，对《龙船调》产生、传承、展演"文化空间""文化生态"的分析研究，对《龙船调》多学科价值的分析研究，对《龙船调》体现的当地人民群众的基本艺术追求方面的分析研究，对《龙船调》所蕴含的文化产业价值的分析研究等，既是对《龙船调》传承展演历程的承接，也是对其"现在时"状态的推进，更是对其"未来时"发展的前瞻，对《龙船调》的传承展演作出了学理性贡献。

3.《龙船调》的传承展演历程，体现出民间歌曲传承展演规律的决定性力量

民间歌曲传统音调的历史积淀，必然经历了从无到有、由简到繁、从低到高的漫长的历史发展进程。既说明了民间歌曲传统音调是自然扬弃、自由

选择的产物，又说明民间歌曲传统音调在时空的传承中，也必然含有变异性。民间歌曲传统音调的传承，可以使民族音乐的"种"得以保存；民间歌曲传统音调的流变，则可以使民族音乐的"种"不断成熟、优化。传承与流变，在民族音乐的发展进程中各尽其力，相得益彰。

民间歌曲传统音调在传承展演过程中的基本状态，可归结为原生态、并生态、融生态三种形式。原生态的民间歌曲传统音调，是指那种以三音构成的腔格为基础而形成的、具有民间歌曲音调"种"的意义的音调结构。它的特征在于其结构的单一性、独立性和不可替代性，它的萌生与形成，具有民间歌曲传统音调遗传基因的创生确立之意义。并生态的民间歌曲传统音调，是指那种以两种腔格样式编织而成的音调结构。它的特征在于其结构的并存性和对比性。并生态的民间歌曲传统音调，在四音音列的民间歌曲中最为常见。融生态的民间歌曲传统音调，是指那些以三种以上腔格样式融合而成的音调结构。它的特征在于其结构的多样性与融合性。民间歌曲传统音调的这三种状态，成为民间歌曲音调传承展演的动力性因素。《龙船调》正是在这种"决定性力量"的推动下，经过一代又一代人的传承展演而形成融生态状态的民歌经典。这充分说明唯有顺着流变之链，抓住传承之环，才能准确把握不同地域、不同民族音乐传统的特质。

三、如何实现民族音乐传统的创造性转化、创新性发展

习近平总书记在党的十九大报告中指出，推动社会主义文化繁荣兴盛，"要坚持为人民服务，为社会主义服务，坚持百花齐放、百家争鸣，坚持创造性转化、创新性发展，不断铸就中华文化新辉煌。"这也是音乐工作者在新时代应当承担的历史使命。

1. 要坚定文化自信，在弘扬民族音乐传统特色的基础上创造创新

不同地域、不同民族的音乐传统都具有原生性特点。因此，在整个人类的音乐文化体系中，也就具有了唯一性和不可替代性。《龙船调》之所以能唤起我们的文化自信，是因为《龙船调》所蕴含的民族音乐传统基因、所体现的艺术追求具有地域覆盖、传统音乐类别覆盖的广度，具有其悠长的发生、展演、传承、发展的历史厚度，具有形态价值、观念价值、艺术价值、精神价值等多方面的学术高度。

在坚持文化自信，弘扬民族音乐传统的基础上创造、创新，就应当坚持"各美其美"，把握地域、民族音乐传统的精髓和神韵，把握民族音乐传统基因方面的统一性、质的规定性，尽力做到"基本要素不变形，风格特点不走神"，在实现民族音乐传统基因与现代社会发展目标有机结合的过程中，丰富民族音乐传统的时代内涵，实现民族音乐传统的现代发展。

2. 要坚持开放性的思想观念和方法论，结合地域、民族音乐传统的实际创造创新

既要"各美其美"，也要"美人之美"，要以开放性的思想观念和方法论，在多种文化共生、共存、共荣的情势下，在多样性文化交流、借鉴、融合之中，促进地域、民族音乐传统的创造性转化、创新性发展。

一是要具有民族音乐传统的发展意识。人类社会形态的变化会带来文化形态的改变，而人类文化形态的每一次阶段性跨越，也都导致了包括民族音乐在内的艺术形态系统发生相应的嬗变。这嬗变本身，就孕育了发展过程。我们不能以僵化的、封闭的眼光，去看待经历了千百年发展历程的民族音乐传统，而应以一种"动态"的眼光，将我们今天面对的浩如烟海的不同"传

统"形式，对位于其发生、展演历程的发展链条之上。民族音乐不能仅仅停留在对"过去时形态""原有模式"的"保存"上，也不能让其囿于"历史延留"下的"优胜劣汰"的"自然状态"之中。而只能在与社会接轨、与时代合拍、与当代人的审美情趣相适应的发展进程中，实现自己"涅槃"式的"新生"。

二是要树立民族音乐传统系统的、联系的观念，对民族音乐传统作多学科的全面"观照"。不仅要注重从音乐学、舞蹈学等学科方面对其进行研究、分析，还要从民俗学、民族学、历史学、地理学、文化学、美学、人类学等学科方面对其进行综合阐发。在具体方法上，要善于比较，善于借鉴。要通过对具有相同文化背景而又确属不同地域、民族音乐的比较，分析、研究"同中之异"，注意发现研究对象所具有的独特性"因子""内核"，在阐发普遍性问题的同时，尤其注意揭示研究对象特殊性的一面。

三是要树立民族音乐传统开放式的发展、建设意识。不要认为民族音乐中某一种音调、某一个歌种、某一种形式，因为生产、生活方式的变化及社会发展因素的"消失"，就是民族音乐传统的"灭亡"。要看到民族音乐的传统基因、传统精髓、传统风格、传统神韵、传统意识等，能作为"内核""因子"，作为地域、民族音乐传统"质的规定性"，而"存活"在"当今"的音乐生活、音乐艺术实践之中。前文所列承载了《龙船调》音调及题材内容的各门类艺术新作品，证明了树立民族音乐传统开放式的发展、建设意识所取得的崭新成果。

3. 要坚持用中国音乐传统理论阐释中华民族传统音乐事象，提炼独特的民族音乐理论成果，促进民族音乐传统的创造创新

虽然中外音乐理论中的一些概念是具有共通性的，但我国民族音乐传统

中的一些独具特色的音乐艺术现象，如民族音乐调式构成的平衡原则、民族调式变化运用的"多可性"、某些特殊的曲体结构形态等，是需要用中华民族传统音乐理论来给予阐发的。因此，坚持民族音乐传统的"母语"语境十分重要。

当前，要重视改变在多样化音乐文化语境中民族音乐传统"语塞"甚至"失语"的现象。如将中国民族音乐中的徵调式划归大调，将中国民族音乐中的商、角调式划归小调；将中国戏曲唱段称之为西方歌剧的"咏叹调"；将传承于我国江湖河港中的"夜行船歌"称为"东方小夜曲"；将民俗丧事活动中的歌舞称为"东方迪斯科"等。这些现象说明我们很多人有时会自觉不自觉地"削足适履"，套用西方大小调理论体系的音乐概念和用语，解释一些我国民族音乐方面的问题。所以，无论是从对我国丰厚、悠久的民族音乐传统的弘扬来看，从外来音乐理论对我国民族音乐带来的促进、借鉴乃至冲击来看，还是从我国民族音乐传统在多样化音乐文化语境中应该具有的地位和应该发挥的作用来看，都需要我们坚持用中国传统文艺理论阐释中华民族传统音乐事象，促进民族音乐传统的创造、创新。

4. 要坚持弘扬中国传统音乐文化精神，实现民族音乐传统的创造性转化、创新性发展

中国传统音乐文化精神是个博大精深的体系，其中包括的音乐思想、音乐观念等是值得我们在推进民族音乐传统的创造性转化、创新性发展工作中予以弘扬的。

（1）中国传统音乐文化中，贯穿有一个"和合"的思想脉络。"和"观念，是中国礼乐文化中的核心范畴之一。古代荀子的《乐论》，以及《国语·郑语》等文献中记载有"和而不同""同而不和""和实生物，同则不继"的

名论。这表明，和而不同的思想，蕴含了深层次的哲学方法论内涵，它说明系统内多种要素和合协调，而又相异互补，充满生机；而与和相对的同，表明事物同到单一，其结果是逐步走向衰亡。所以，把古代乐论中的和、同内涵上升到哲学认识论和方法论的高度来认识"和合"的思想脉络、和而不同的观念，就是提倡多样化，反对单一化。把古代乐论中的"和"观念运用于当代文艺创作中，可以发现，《龙船调》在其传承展演过程中的混融，是当代文艺创作中富有创新意义的手法。所谓混融，从文艺形式层面讲，就是不同素材、不同形式、不同遗传基因、不同种群等，相互混合交融而形成的新成果。从空间层面讲，就是对不同地域、民族的优秀文艺成果予以继承、综合、交流、扬弃、超越。从时间层面讲，就是在对文艺传统保存的基础上，促进其实现现代发展。从创作技法的层面看，混融是文艺创作实践的一种方式、手段。从创作结果层面看，混融是文艺创作实践所产生的一种新成果。采取混融方式形成的混融性文艺成果，具有既源于传统，又使之转化与激活、实现现代发展的特征；具有既有别于西方文艺理论体系，又借鉴西方优秀文艺成果之多元融聚的兼容性、开放性特征；具有高雅艺术大众化、大众艺术高雅化之雅俗趋同的时代性、先导性特征；具有依据社会发展情势促进文艺创作的追求和满足现代人审美情趣、价值取向，与时俱进的创新性、自觉性特征。《龙船调》的传承展演历程表明，在文艺创新方面，基于单一素材的发展和基于多种素材的混融，这两种方法都是可行的，但从实际效果看，综合性的混融方式要优于单一素材的发展方式。这是因为，依中国传统音乐文化"和"观念而产生的混融方式，能以更多的文化信息量满足现代人的精神文化需求。

（2）就中国传统音乐文化精神而言，古代文献《乐记》中有"情动于中，故形于声"的"表情说"，提出了"乐者，心之动也；声者，乐之象也；

文采节奏，声之饰也"的命题，认为音乐既是声音的艺术，又是感悟的艺术，音乐的本质特征是以有"文采节奏"之饰的音响形式表现人的内心活动，提出了音乐的产生过程是"物至——心动——情现——乐生"。所以，"乐也者，情之不可变者也""唯乐不可以为伪"。可以推测，《龙船调》的产生，实现了"物至——心动——情现——乐生"的过程，在其传承、展演过程中，也沉淀了一代又一代新的创造者、演绎者的真情厚谊。《龙船调》这样的传承、展演经历，对于克服和纠正当今音乐创作中存在的缺情少意、虚情假意、甚至无情无义的现象，无疑是一剂良方。

（3）中国传统音乐文化精神中存在的重演奏法、重音色、重节奏组合的观念，其实早已蕴含了与当代音乐意识相吻合的气质。比如，中国传统音乐文化精神中重演奏法、重音色、重节奏组合的观念，与现代西方音乐观念所主张的音乐表现语言的主要构成要素已由"音高关系"变为"音色关系""节奏关系"不谋而合。又比如，始终保持内在的节奏律动，被视为当代流行音乐的一大特征，节奏声部的"简约特征"是当代电子音乐的重要表现语汇，而这些特征也与我国民族音乐传统（尤其是那些套曲结构的民歌）中，一以贯之、并有形象性命名的鼓点节奏，具有异曲同工之妙。还比如，西方传统的调性体系被"瓦解"后，十二音技术注重音的平等及音高进行的自由等观念，与我国民族音乐传统中的音平等观念，声、音、调、宫、均等乐学体系，调转换的自由意识等如出一辙。民族音乐传统中所具有的这些"现代气质"，正是民族音乐文化传统与当代音乐表现手段的交会点。中外音乐这些观念上的"殊途同归"启示我们，在对民族音乐传统的形态轨迹、文化定位和潜在魅力予以深度开掘的基础上，在对民族音乐素材使用、借鉴、嫁接的混融中，在对民族音乐乐学理论的认识、把握、运用的实践中，在对民族音乐文化精神的学习、体验、感悟过程中，经过有目的、有追求、有意识的重构、整合、创造、创新，当代中国音乐创作的中华民族特色就一定会得以凸显，民族音乐传统的传承、展演天地会拓展得更宽广。

综上所述，唯有紧紧抓住民族传统音乐本体，努力对民族传统音乐做多视角的审美观照，在以音乐学、艺术学对其做深入分析、研究的基础上，做多学科的综合分析、研究，我们才能对民族音乐传统知其然，更知其所以然，才能真正把握民族传统音乐的"基因"、精神、神韵，才能从更深的层面上认识民族音乐传统的价值，才能增强民族音乐传统的文化自信，增强弘扬民族音乐传统文化的自觉，促进发展民族音乐传统的自为，在新的时代实现民族音乐传统的创造性转化、创新性发展。

关于写作的个人之见

李修文

一

在今日里写作，其实就是报恩，我可能在报一场暴雪的恩，报一场大雨的恩，报一条走过的路的恩，更要报这十年里头我所遭遇到的这些人事的恩。

为何如此呢？我想我应该还是在寻找自己和身边这块土地和附着在其上的人情世故之联系，这种联系，我不想称之为观察，也不想称之为体验，我们这里不是纽约曼哈顿，我们见到的人群也不是西方小说里那种物质过度繁盛之后所诞生的各种畸零人，最后，我找到了这个词：报恩。它让我安定，最重要的原因，是这个词一直生长在中国人的情感链条当中。

另外一个原因，就是感觉自己像是领受了一个急迫的任务，那就是赶紧进行自己的美学实践。这么说不是自大，而是前面我说的那些人事遭际的恩赐，所谓"兴来每独往，胜事空自知"。我不是迷恋美本身，美本身是非常脆弱的，美只有存在于一个更宽广的美学谱系里才能呈现它自己的生命。我们看见很多作家，很多导演，当他的美学里那种非常丰富、复杂的东西最后被退化为了一种类似于美的东西之后，这个作家或者这个导演生命力的委顿也就开始了，所以，对纯粹的"美"我一直抱有警惕，但也发自肺腑地在渴求某种相对鲜明的个人美学。

二

正所谓"收拾起大地山河一担装，四大皆空相"，我写散文的本意，是想促使自己更加贴近周边人事，所以真实性会成为必然要求。但是，越触及微茫之处，越觉得所谓的"真实性"是不存在的，人心多么复杂，美德里往往充满矫饰，但是这就是现实。因此，再下笔时，"现实性"就远远大于了新闻意义的"真实性"——唯有在"现实性"里不管不顾，我们才有可能触及"真实性"之一部分？

所以，面对散文写作，我有一个很大的执念：我想我的写作不归于真实，甚至不归于现实，它应当是归于美学的——美学才是目的，所有的组成部分只是通往它的驿站。但是，这绝不意味着对现实的轻慢，恰恰是现实的丰富，使得我的个人执念有可能在这个时代得以死灰复燃。那么多在文学史上消失已久的经典人物、经典关系、经典场景在今天这个时代又复活了，那么，一种从中国文学的典型情境里诞生的个人美学能否重新铸成？换句话说：随着国力进步，中国人的自我意识越来越清晰，受西方文学语境影响而形成的叙事范式已经无法触及中国人的情感本质了，但是，它们究竟是什么，是《红楼梦》在当代的复活吗？在我看来，肯定不是，但也几乎肯定是，而这样的现实，恰恰在召唤着这个时代的曹雪芹，而不是再多一两个的卡佛。

三

的确，我何曾想到我会成为一个这样的写作者？年轻时，我一直觉得自己足不出户就能持续地成为一个作家，当然，我相信世界上存在这样的作家，就算在大师的队伍里，这样的例子也不胜枚举。同时我也得承认：相比过去，我被我所遭遇的生活几乎重新塑造为了另外一个作家。

《山河袈裟》可能有时候会用小说乃至戏曲的方式对我要写作的素材进行截取，但它们无论是来自道听途说还是我耳闻目睹，事件本身无疑都是以真实打底的，现在想起来，写作这本书对我最大的影响，就是浇筑了我的立场。立场何来？我想是因为基于真实材料的同情心。同情心何来？就来自我深陷困厄之时遭遇到的那些同路人，纯粹靠阅读靠审美来完成这种自我认知几乎是不可能的，它就是命中注定，就是当头棒喝，甚至就是六神无主之后再找到主。

但是，我也绝不认为遭际就是万能的，如前所说，在我的认知里，一切最后都还是要归于个人美学，如何使得遭际与美学匹配，才是一个写作者重要的功课。

四

在中国古代的散文传统里，两个特质至关重要，一是诚实，所谓"修辞立其诚"；二是文气，所谓"直言曰言，修辞曰文"。无论时代如何变化，态度和审美，这两条文章的筋骨是没有办法变化的，它们绝对不会因为时代和科技的因素而发生主体崩塌。因此，于我而言，无论我自己写散文，还是看别人的散文，有这两点，我就像是吃到了定心丸，如果没有，那就可以弃之，不写不看。

诚实之于散文，几乎是命脉——你是什么样的人，你就能写出什么样的句子；但我还是更看重所谓的文气，如三国曹丕所言："孔融体气高妙"，他又说："刘桢有逸气，但未遒耳"，几乎都指向了一个创作者的个人特质。还有后世的汤显祖说："文章之妙，不在步趋形似之间，自然灵气，恍惚而来，不思而至，怪怪奇奇，莫可名状，非物寻常得以合之。"说到底，写作是在进行美学创造，因此，修辞的第一任务，还是通向美学创造，如果美学景象一盘散沙，我想，无论多诚实也于事无补。

五

还是去感谢戏曲吧——写作资源于我而言，几乎是个梳理不清的问题，来源太多了，但第一个源头肯定是来自戏曲，我写作的时候一直有个很明显的矛盾：既希望自己是充满热情的，但同时某种无救乃至无望之气也是显而易见的，这大概从很小的时候就注定了——我自小就喜欢看戏，中国的戏曲在许多时候都充满了这种无望之气：那么多故事里，一个人的反抗和生机往往只是主人公受苦受难的途径，其程式之标准，就像现在好莱坞电影里的情节，但最终起作用的、能够解救人的，无非是皇恩和纲常。很奇怪，在戏曲里，不管什么故事，我总能看出几分凉薄来，一如戏台两侧常常悬挂的戏联：谁为袖手旁观客？我本逢场作戏人。

因为凉薄是人世的底色，舞台上就更需要不同的美学加入：滚火、马战、行船，这些元素在戏曲舞台上不一而足；主人公受苦受难的过程就需要更加艰险：借尸还魂，劈山救母，魂飞魄散等等等等，看久了，我就觉得人生实苦，这些苦楚还被描述得花团锦簇。但是，因为影响日深，我也就形成了一个基本的叙事观念：热情地投入凉薄和虚无，但一切终于无救。也因为如此，到了今天，我会特别热情地去面对身边遭际，因为这些遭际，我重新发现一切似乎都还有救，环绕在各种机缘上的生机似乎依稀都在，这可能就是传说中的信心和信念了。所以，相比某一个具体的来源，我觉得信心和信念才是我目前最大的写作资源。

六

再谈几句戏曲——为了训练自己的语感，我读得最多的，就是诗歌和戏曲剧本，但是，我一直也有个警惕，今日情境绝非古典戏曲生长的情境，它要远远复杂得多。事实上，我们的戏曲也经常在人生的关口上提出要害问题：《赵氏孤儿》里的忠义，《霸王别姬》里的生死，乃至《一匹丝》里的恩情杀人，如果以此角度去看，可以说，中国戏曲之所以源远流长，其中最重要的，就是描述了人的生存，揭示了人的生存疑难，这种疑难处的写作，才是真正可能触及人的尊严和困境的写作。如果我想持续从戏曲里获得滋养，恐怕反而应思考如何重新发现我们时代里的虞姬与霸王，他们肯定早已改头换面，但他们一定仍然是虞姬和霸王，而非罗密欧与朱丽叶。

中国戏曲还有一点特别高级，那就是几乎每一出剧目都会有一个类似好莱坞标准的故事，往往是典型的三幕剧，提出问题，发展问题，解决问题，干干净净，绝不拖泥带水，这看似与写散文无关，但实际上，在如何尽可能精准地完成自己的叙事目的上，给我带来了相当大的启发——我们的散文被"文化""情怀"一类的词汇混淆和阉割得太久了，越希望厘清，就越需要精准。当然，今时今日，绝大部分戏曲剧目已经无法触及我们的当代以及隐藏在当代里的内心，这个时代的幽默感如何表达？人的孤岛化如何呈现？显然，戏曲，乃至中国传统文化里的许多形式已经无力对这些问题进行探讨，这也是我极力希望散文这种形式重新生长的缘由。

七

好作家往往都有自己的秘密配方，这个秘密配方才应该是我们终身埋首的所在，以中国古代论，举两个未见得恰当的例子：杜甫的配方是看见即说出，李清照的配方是一颗神圣化的少女心。那么到了今天，具体到散文写作，属于我们自己的秘密配方到底躲藏在哪里？我倾向于自己根本不知道散文该怎么写，而是重新去触摸散文的躯体，重新去拼接散文的躯干，即是说：伴随散文在这个时代的崭新可能，我们也要勇于做一个新人。

八

我所说的人民，和别处所说的人民并没有本质区别，区别在于，你是否对他们产生了情感乃至价值认同。于我而言，十几年甚少作品问世，我肯定遭遇过一些人生的窘境，每每在窘境之中，无论是一语惊醒梦中人，还是货真价实的帮助，大多来自这些"人民"，由此，我愿意滴血认亲，和他们喝一杯酒走同一条路，如此而已。

"人民"当然是一个极其复杂的群体，他们既可能体现出这个民族最珍贵的品质，但是毋庸讳言，劣根性也尽在其中，着迷于此，还是留恋于彼，在我看来更多是一个阶段性的选择，目前这个阶段，我选择赞美，因为我需要得到暗示和底气，好让我觉得生活值得一过。归根结底，我迷恋的，是从

"人民"这个群体里诞生出的"人民性"，哪怕我的角度和态度是狭隘的，我也将继续选择视而不见。

我所中意的美，显然不只是景致之美和修辞之美，相比这些，贫寒中的情义，诺言如何像奇迹一般展现，一个失魂落魄的人如何没有倒下——中国人身上最值得肯定的东西依然还在我们的时代静水深流，这些才是我最珍重的美。

九

关于文字或者语感，还是去相信直觉吧，语言在我的写作中其实一直属于一个次要的位置，我反而担心，过度的语言塑造会损害你要表达的事实，而且这样的悲剧在我身上已经提前发生了——写小说时，我曾经特别依靠审美来展开叙事，这在相当程度上其实会曲解人物的处境，反过来，审美也难以为继。如果美学未能在有血有肉的现实中展开，多半最终还是要坍塌。

在相当长时间里，诗歌对我的文字风格影响最大，在我看来，诗歌是这个世界上最精练的总结形式之一，所以诗歌往往首先要准确地发现诗意，再来准确地表达诗意，对于我这样一个热衷于叙事的人来说，诗歌首先是对叙事泛滥的限制，然后它也教会了我不臣服于事实。

如今，在语言上，我更笃信沃尔科特的话：要改变你的语言，首先改变你的生活。一个作家如果想要创造个人美学，不仅要掌握更多的词汇，这些词汇还需要被生活验证，让生活帮你挑拣出匹配它的字词，这样你的个人美学才有了实践的可能，所以相比语言，应该更信任生活。

小说与写小说

於可训

我要说的第一个问题是：什么是小说。

先从小说这个名称说起吧。小说这个名词在今天使用，有很多含混不清的地方。我们所说的小说，一般情况下，是指按西方的标准认定的小说，有时候也指中国传统意义上的小说，但这种小说又明显与西方人所说的小说不同，在这个问题上，中国的知识和西方的知识在互相打架，所以要说清楚。

小说这个名称，中国古代就有，但古人所说的小说，与今天所说的小说不同。有三段话，常常被人引用。从这三段话，就可以看出古人所说的小说，与今天所说的小说，到底有什么不同。

第一段话，也就是现在认为最早出现小说这个名称的，是在庄子的书里面。庄子在我们今天看到的《杂篇·外物》里面说，"饰小说以干县令，其于大达亦远矣"。庄子在这里讲的，并不是文学意义上的小说，而是一种生活现象和人生道理。他说有一个姓任的公子坐在会稽山上，把钓竿投到东海里面去钓鱼，他用五十头牛做钓饵，钓了很长时间才钓到一条超级大鱼，他把这个鱼肉分给大家吃了，大家都很高兴，然后奔走相告，这件事也就尽人皆知。后来很多人就模仿这个任公子，也想去钓条大鱼，但他们拿着小钩小线，奔走于一些小沟小渠之间，自然是钓不到大鱼的。庄子就借此发感慨说，"饰小说以干县令，其于大达亦远矣"。意思是说，像这些人学任公子钓鱼一样，你不想下大力气，花大工夫，只想凭一点花言巧语，巧言令色，就想谋得一件大事，这样的做法，离这个目标也实在是太远了。

"饰小说以干县令"这句话有很多解释，学者们搞得很复杂。我们不去管他。我们只要知道，小说这两个字第一次出现的时候，并不是指文学文体就行了。也就是说，跟文学没有关系。

真正把小说这两个字跟文学的一种体裁结合起来，是东汉初年一个叫桓谭的人。这就是我要说到的第二段引文。桓谭在《新论》里说，"若其小说家，合丛残小语，近取譬喻，以作短书，治身理家，有可观之辞。"桓谭这里说的小说家所作的"短书"，显然是一种文字的作品，也就是一种文章的体裁。这种体裁的特点是篇幅短小，取材于一些言谈片段，以身边的事物做比喻，说明一些生活道理，其中有一些话，有益于修身理家，值得重视。

桓谭以后，东汉有一个很著名的历史学家班固，他在他写的《汉书》里说的一段话，就更有名。这也就是我要说的第三段引文。班固说，"小说家者流，盖出于稗官。街谈巷语、道听途说者之所造也。"班固给小说家和小说作了这个界定之后，接着就讲它的用处，他不用他自己的话讲，而是引用孔子的话讲。说孔子曰，小说这个东西，"虽小道，必有可观者焉，致远恐泥，是以君子不为也。"但是班固在这句话后面，又加上了一句话说，"然亦弗灭也"。意思是说，也可以存在，不会灭绝，可见班固对这种"小道"，还是很重视的。

上面说的这三段引文，是中国的学者谈论中国小说的起源问题，引用最多的文字，也是中国人最早定义小说的文字。这三段文字，归结起来，就是后来有学者说的，在中国古代，小说就是小的说。小的题材，小的主题，小的写法，小的篇幅，这种东西，在中国古代就叫小说。用一句通俗的话说，也就是我们今天说的"段子"。

那么，这些"段子"是从哪里来的呢？除了桓谭、班固讲的"残丛小语""街谈巷语、道听途说"的记载之外，还有古老的神话传说，寓言故事和"稗官"所记的野史，尤其是那些不便于写进正史，但又确实生动有趣的东西，往往被人拿来做了小说的材料。我把这类东西叫作"史之余"，或叫"史余"。我这里举一个例子。说汉武帝时代有一个人名叫颜驷，这个人的年纪很大，但官位很低，是个郎官，也就是中央机关的一个普通的办事员吧。有一次汉武帝去郎署，见周围都是年轻官员，只有这个颜驷须发皆白，衣冠不整，就问他是哪一年当的郎官，颜驷回答说，他在文帝时就当了郎官。汉武帝就问他，为什么你这么一大把年纪了，还没有得到提升呢。颜驷就说，当初，文帝喜欢有文才的人，我却喜欢练习武艺，后来，景帝喜欢年纪大的臣子，我那时候却很年轻，现在，到了陛下您这儿，您喜欢年纪轻的臣子，而我已经老了，"是以三世不遇"，总得不到上面的提拔。汉武帝觉得他的遭遇值得同情，就让他去会稽做了一个都尉。这个故事听起来生动有趣，也切合很多人的命运，甚至今天还有人有类似的遭遇，但写进正史，似乎又没有多大必要，所以就拿来做了小说的材料，记录下来，成了小说，后人辑录在一本伪托班固写的《汉武故事》之中。这也符合班固所说的小说"盖出于稗官"的情况。《汉武故事》属于古小说，也就是上面说的"段子"时代的小说，这类古小说现在很难见到，大都是后人从别的书中钩沉辑佚搜罗整理出来的，这基本上是汉以前的小说状况。这种状况一直延续到魏晋南北朝时期，并没有多大改变。《世说新语》和《搜神记》虽搜罗丰富，但仍是一种篇幅较短的"小的说"，仍属上面所说的"古小说"的范畴。这是中国小说最早的一个源头。

唐以后，情况就发生了变化。鲁迅有一句很有名的话说，唐人"始有意为小说"，这个有意写的小说，就是今天所说的唐人传奇。唐传奇的兴起，有很多复杂的原因，有人说与科举考试的行卷和温卷风气有关，参加考试的举子事先把自己的诗文送给有名望的人，希望得到他们的赏识，以便向主考官推荐，有助于录取。这些事先送呈的卷子中，诗文之外，也有传奇。传奇兼有史才、诗笔、议论三长，很能见出作者的水平，所以在一个时期的行卷、温卷活动中，十分流行，唐人传奇就这样兴盛发展起来了。也有学者不同意这个看法。但无论如何，唐代传奇的兴起，是中国古代小说发展的转折点，这应该是一个不争的事实。中国小说就这样，由篇幅较短到篇幅较长，由无意写作到有意为之，就这么一路发展下来了。所以中国的小说，是短篇在前，中、长篇在后。到了"始有意为小说"的唐人手里，小说就开始具备西方人所说的那些基本要素，即人物、情节、环境，也就开始接近西方人所说的小说文体的标准。从这里，也可以看出，鲁迅所说的唐人"始有意为小说"的小说，是以西方的小说为标准。

举一个很有名的例子，唐传奇中有一篇作品叫《虬髯客》或《虬髯客传》，后来的戏曲影视常有改编。里面有三个主要人物，也就是所谓"风尘三侠"：李靖、红拂、虬髯客，还有李世民、杨素、刘文静等，都是其中的人物。这些人物，有些是历史上实有的，如杨素、李靖、刘文静、李世民等，有些则是作者虚构的，如红拂女、虬髯客等。整个作品的情节，就是以"风尘三侠"为中心，展开叙述的。说的是隋炀帝的时候，皇帝出巡去了，让杨素代管朝政，杨素生活奢靡，架子很大，周围的人都很畏惧他，也很讨厌他。卫国公李靖去见他的时候，他也端着架子。但他身边有个执红拂的侍女见李靖气宇轩昂，谈吐不凡，就在当天夜晚找到李靖住的旅店，要跟李靖私奔。李靖就带着她赶回太原。途中在客店遇到一个长着卷曲的赤须、骑着一头瘸驴而来的异人，也就是作品中的虬髯客。红拂与虬髯客结为兄妹，李靖与他喝酒吃肉，纵论天下。虬髯客有图谋天下之志，向李靖打听太原可有非同寻常的"异人"，李靖就告诉他，太原有个名叫李世民的年轻人，是个能得"真命"的"真人"，其余不过是将相之才。虬髯客就求他引荐。李靖通过刘文静让虬髯客见到了李世民之后，虬髯客便放弃了图谋天下之志，觉得李世民才是真命天子，就把万贯家财都交给李靖，让李靖辅佐李世民夺取天下，自己到别的地方另图发展。后来李世民果然得了天下，虬髯客也在南蛮之地攻占了扶余国，自立为王。李靖则成了李世民身边的股肱大臣。整个作品的情节可谓跌宕起伏，人物形象个性鲜明，尤其是"风尘三侠"的形象，如李靖的大气，红拂的卓异，虬髯客的粗豪，都给人留下了很深的印象。

在唐人传奇之后，到了宋元时代，又出现了一种人物、情节、环境都较完备的小说样式，这就是话本。宋元时期，民间兴起了一种说话艺术，也就是打鼓说书，在座的如果有来自农村的听众，可能见到或听说过。这个打鼓说书，在古代就叫"说话"。说话人往往有一个底本，或原来没有底本，后来被人记录下来，成了一种可以阅读、能够流传的文本。这个东西就叫话本。所以，所谓话本，也就是"说话"的底本或记录。原始的话本现在很难见到，现在见到的大多是后人辑录整理或加工创造的作品。话本有说有唱，以说为主，说的中间穿插念唱，所以话本里又掺杂了很多诗词韵文，严格说来，是一种说唱艺术的综合文本。我小时候在乡下听打鼓说书，还见到过说书人边说边唱，这大概也是古代的一点遗痕吧。

话本绝大多数篇幅不长，相当于我们今天所说的短篇小说，这是因为每场"说话"，大体自成一个段落，但其中也有一次讲不完的，得分多次一回一回地讲下去，这就是"讲史"一类的"说话"。这类话本经过演变和文人的加工再造，就成了后来的章回小说。章回小说的兴起，为后来的小说创作提供了一种模式，也促进了长篇小说创作的发展，明清时期的长篇小说都是以章回体的形式出现的。章回小说的出现，也为中国古代小说从"段子"时代"小的说"，到唐人"有意"写作的传奇，再到起于民间的"话本"，最后发展成规模体制宏大的章回体的长篇小说，画了一个圆满的句号。这当然只是一个直线的描述，不是说后面的起来了，前面的就消失了，就被后面的取代了，而是前面的和后面的往往交叉出现，共时存在，所以中国古代小说到了明清时代才品种多样，丰富多彩。

这是中国古代小说一个大致的发展脉络，因为时间关系，我不可能详细展开。现在，我们再来看看西方的小说。说到西方小说，大家很容易想到一个英文单词 novel。novel 就文学文体而言，主要是指长篇小说，这个英文单词还有"新奇的、异常的"意思，我想大约是从前西方的小说（长篇）都带有传奇性，后来就拿来指代了长篇小说吧。据西方学者考证，这个词作为小说的名称，出现很晚，有的说是一个"十八世纪后期才正式定名的文学形式"，有的则说这个名词"一直到十九世纪初还不具有它现在的意义"。我们取一个折中的说法，就说它出现在十八世纪末、十九世纪初吧。这个时间节点，相对于中国的"小说"这个名词出现的时间，包括它具有文学文体意义的时间，已经是很晚了，中间隔了一千多年。在这一千多年的时间里，是不是西方就没有小说或类似于小说这样的文体呢？不是的。在 novel 这个名称出现以前，西方类似于小说的文体，或按西方学者的说法："准小说形式"，是用 fiction（散文虚构故事）来加以称谓的。

为什么会有这个称谓呢，这要从西方文学的源头说起。我们大家都知道，西方文学的源头是古希腊的神话、史诗。古希腊的神话、史诗作品，无论是荷马的《伊利亚特》《奥德赛》还是赫西俄德的《神谱》，都是用诗歌的形式写成的。我们现在说诗歌是一种抒情的文体，小说是一种叙事的文体，这个没错，但是如果说，诗歌只能抒情，小说只能叙事，这就有点简单化了。诗歌也可以叙事，最典型的莫过于叙事诗，小说也可以抒情，所以有诗化小说。荷马史诗和赫西俄德的《神谱》都是用诗的形式叙事的，所以它既是一种抒情的文体，也是一种叙事的文体，说白了，就相当于我们今天所说的叙事诗。到中世纪的英雄传奇和骑士传奇出现，还保留了这种以诗的形式叙事的方式，到了后来，以散文的方式写作的传奇日渐增多，才定格为一种叙事的文体。文艺复兴以后的西方小说，都是在这个基础上，逐渐发展演变起来的，到19世纪发展到鼎盛阶段。在这个过程中，西方小说的样式，影响最大的是长篇的传奇，短篇则是由中世纪城市文学故事发展起来的，也经历了一个由诗体到散文体的演变过程，文艺复兴时期的《十日谈》对短篇小说的形成影响很大。

居于长、短篇之间的中篇小说，是一个很特别的品种。中篇小说这个名称出现较晚，在19世纪中期前后的一段时间，俄国出现了一种比短篇小说的篇幅要长，但比长篇小说的篇幅又要短一些的小说，他们把这种小说称作中篇小说，别林斯基把它叫作"规模小一些"的长篇小说，或是"分解成许多部分的"长篇小说，"是从长篇小说中抽取出来的一章"，有时干脆把长篇小说也说成是"大型的中篇小说"。为了便于发表这些小说，一些刊物也相应增加了篇幅和容量，于是就出现了类似于我们国家的《收获》《当代》《十月》《花城》这样的大型文学丛刊。这种大型文学丛刊的出现，反过来又刺激了中篇小说创作的发展。这种情况与我们国家在一九七九年以后的情况十分相似，一九七九年创办了很多大型文学丛刊，除了中国作协办的和已有的《收获》外，每个省几乎都创办了一种。这些刊物的出现，给中篇小说创造了一块发表的园地，中篇小说于是在这期间便得到了长足的发展。

从以上简略的比较中，我们不难看出，中西小说的起源和发展的历史路径是不相同的。简言之，中国小说是由小到大，由短到长，西方小说是长篇兴盛在先，短篇发展在后，中国的小说从一开始便是散体的文字，属于广义的散文范畴，西方小说的雏形则是由诗歌承担叙事的功能，后来才发展成散文的叙事。中国的小说有文言和白话之分，走的是两条不同的路线，西方小说的形成，有诗体和散文体之别，诗体和散文体是先后递嬗的关系。中国的小说由无意为之的"古小说"发展到有意为之的文人创作。西方小说走的是一条由起于民间的神话史诗英雄传说脱胎蜕变而成的发展路线，这当然只是一种极粗略的比较，主要是帮助大家了解小说这个概念，在中国和西方是有很大区别的，弄清了这种区别，我们也就不会把西方小说的概念简单地套用于中国的文体分类，也避免把中国丰富多样的文体，简单地归于西方的文体三分法或四分法之下。

举一个简单的例子，也是比较典型的例子，就是我们今天常说的笔记小说。现在很多人很喜欢笔记小说，一提到笔记小说，都以为是古代就有的一种小说文体。其实不然。笔记小说这个概念出现很晚，有学者考证，大概是在民国初年。中国古代确实有一种笔记文体，你要问我，笔记是什么文体啊，是散文吗？是小说吗？是诗歌吗？是戏剧吗？如果你用西方四分法的标准，那肯定都不是的。既然这也不是，那也不是，那笔记究竟是什么呢。你要我回答，我只能说，笔记就是笔记，它既不是西方人说的小说，也不是西方人说的散文、诗歌，更不是西方人说的戏剧，它的文体名称在中国就叫笔记。它所指的对象，是那些随笔记录之言，可以是历史掌故，也可以是民情风俗，可以是自己的亲见亲闻，也可以是荒诞不经的想象，还可以是人生格言、学术考证等等，是一种自由无拘的文体。如果要用"散体的文字"这个中国人关于散文的定义来界定，说它是散文也无不可。因为笔记大多都属于"小的说"一类文字，所以有时也把它归入小说的范畴，但这种小说，不是西方意义上的小说，而是中国在"段子"阶段的"古小说"。这种笔记文体从魏晋到明清，一直长盛不衰。民国初年，有人用西方的标准，从中国古代卷帙浩繁的笔记中，挑出那些情节生动，人物形象鲜明的作品，另加一个命名，叫笔记小说，单独印行，笔记才和小说联姻，才有了笔记小说这个名称。中国古代的文体分类很细，基本是一种写法，一种用途，就是一种文体，所以文体的种类很多，不像西方，都统在三分或四分的大类之内，简单地把西方的文体标准套用于中国的文体，会造成一种文体的遮蔽，不利于开发利用和创造性地转化发展本土的文学资源。这是我要说的第一个问题，也就是有关小说的问题。

我要说的第二个问题，是有关写小说的问题。我讲写小说的问题，不是要教大家怎么写小说，而是说现代的作家怎么写小说。因为上面讲的小说的概念和中西小说的演变，都是过去时，都是古代的事或现代以前的事，都是现代作家从事小说写作的一种知识背景。下面，我就讲一讲，在这种互相交叉融合又不免抵牾的知识背景下，现代中国作家是如何从事小说写作的。

自从西方的小说和西方关于小说的知识，自近代社会传入中国以后，中国人就在努力学习西方小说的写法的同时，又在努力使这种写法中国化，创造中国自己的现代小说。但这个学习和创造的旅程，却十分遥远漫长，又充满艰难曲折，迄今为止，还没有找到一个理想的归宿。下面我要讲的，就是在这个过程中，现代中国的小说家做了哪些学习和创造的努力。我先说一个总体的判断，然后分五个时期，分述这种努力的各种表现。

我对中国现代小说创作的总体判断是，现代中国作家的小说创作，是朝着一个中国化的总体目标，在中国与西方，也就是传统与现代之间摇摆前进。这期间，有时偏向现代，有时偏向传统，有时是现代和传统交叉融合，有时又是中国和西方互为表里，总之是纠缠不清，摇摆前进。下面分说五个时期：

先说五四时期。五四时期的小说创作，从表面上看，是偏向现代或者说是偏向西方的，但骨子里却杂糅了中国的传统。你如果用西方的眼光看问题，则满目都是西方的影响：问题小说和人生派小说写的是西方启蒙思潮激起的社会人生问题，浪漫派小说受了西方近代文化崇尚自我个性解放的影响，甚至连自己的土特产乡土小说，也要与西方的启蒙现代性扯上关系，包括鲁迅的小说，也被人从种种西方影响的角度做了诸多阐释。不能说这些联系和阐释都没有道理，有些还可能有较充足的理论和事实根据，但如果我们转换一个角度，不是或不仅仅是从西方影响，而是同时也从历史的联系看问题，你就会发现，这期间的小说创作，在表面上接受西方影响的同时，骨子里其实杂糅了中国的传统，受着传统很深的影响。只是这种影响长期以来被西方化的阐释所遮蔽，未能被充分有效地揭示出来罢了。以鲁迅的小说为例，这个看法我在好几篇文章中都先后说过，在这里再说一遍：我曾把鲁迅的小说分为以下几种类型：承袭古人"发愤"著书的传统，如"忧愤深广"的《狂人日记》；以古仁人之心，关切民瘼、悲天悯人，而以写实笔法出之的《祝福》等；直接继承清代讽刺小说的传统，因"哀其不幸，怒其不争"而"冷嘲热讽"的《孔乙己》和《阿Q正传》等；受"诗骚传统"和古代散文影响，如"诗化""散文化"的《故乡》和《伤逝》等；化用笔记文体，而以"油滑"之笔出之的《故事新编》等，这些都留有很深的中国文化和中国文学的传统印记。鲁迅的有些小说，如《白光》《肥皂》《高老夫子》等，虽不用话本格式，却带有古代白话短篇小说的语风，《伤逝》则明显留有中国古代伤悼文学的痕迹，只要在韩愈的《祭十二郎文》、欧阳修的《泷冈阡表》、袁枚的《祭妹文》这些伤悼文学的名篇与鲁迅的《伤逝》之间，下一点对读的功夫，就不难看出二者的内在关联。鲁迅的创作所受传统影响，不仅是指古代哪一位或几位作家，也不仅是指古代哪一篇或几篇文学作品，更多的是一种整体的精神气韵和写作传统，包括文学以外更大范围内的文化著述传统。因此，对鲁迅的小说，包括对五四时期所有小说家的小说创作的研究，就不能仅仅关注这些作家读了哪些外国作家的作品，信奉过哪些外国的文学理论，他们的作品与哪些外国作家的作品有相似之处，或他自己说过受了哪些外国作家作品的影响，而是要从根本上，从骨子里去看问题，看这些作家的创作，究竟源于怎样的一种精神文化传统，究竟是在怎样的一种文学传统的大树上长出的新芽，他们运用的语言文体和方法技巧，与他们置身其中的古典作品和古代作家的创作经验，究竟存在怎样的联系，二者之间，究竟有怎样的互文关系，如此等等，只有弄清了这些问题，才能比较准确有效地阐明五四作家的小说创作属于怎样的文学谱系，也才能准确有效地阐释五四时期的作家作品。五四去古未远，五四时期的作家都有较深厚的旧文学的修养和功底，不管他们多么倾慕西方，追逐新潮，捉笔写作，身上鼓荡的仍不免是传统的血液，笔下流露的仍不免是传统的精神，或深或浅地总要流露一些传统的印记。所以这期间的小说，虽然是杂糅中西，但实质上却是张之洞说的那句话：中体西用。

到了 20 世纪 30、40 年代，虽然大的形势依旧，但中国作家逐渐学会了如何在这种杂糅的状态中结胎，即用西方小说的写法和文体模式，激活中国固有的小说文体资源，孕育一种看上去是西方现代的小说样式，但内里却是由中国传统的小说模式转化而来的外西内中式的小说艺术形态。这样的小说在这期间的长篇创作中，表现最为突出。

20 世纪 30、40 年代，是五四以后，中国现代长篇小说最早繁荣兴盛的年代，这个年代的长篇小说，因为文学革命阻断了与中国固有长篇传统的联系，失去了传统的依托，也失却了传统的资源，作家不敢也不愿照传统的方法去写，就只好学习西方长篇小说的写法。尤其是在 19 世纪西方比较流行的社会小说、家族小说和所谓大河小说等等。但这种学习，也不过是从人家的写法那儿得到一点启示，或借用一种说法，其实写起来，摆弄的还是中国古代长篇小说那点家底。

比如说，茅盾的《子夜》，学者们都说它是社会小说，但茅盾这种通过一个商人（民族资本家）去写30年代的上海社会，与《金瓶梅》同样是通过一个商人写明代社会（托名宋代），不是有异质同构或曰异曲同工之妙吗？你当然可以指出《子夜》和《金瓶梅》有种种不同之处，吴荪甫和西门庆有本质区别，但以一个商人为中心，写种种社会世情，二者之间不是明显地存在着一种内在联系吗？鲁迅称《金瓶梅》为社会人情小说，或曰"世情书"，《子夜》不就是以《金瓶梅》为代表的社会人情小说或"世情书"创作的一种历史的延续吗？

又比如巴金的"激流三部曲"《家》《春》《秋》，论者多认为是受了西方家族小说的影响，有的还要硬扯上左拉的《卢贡·马卡尔家族》的影响，但凡读过这两部小说和相关研究文字的读者都知道，且不说这两部作品的取材、立意和篇章结构根本就不是一回事，就是巴金本人也承认自己是受了《红楼梦》的影响。巴金从小受家庭熏陶，年轻时就爱读《红楼梦》，到法国留学，仍将《红楼梦》带在身边，他说《红楼梦》是一部伟大的反封建小说，对它研读既深，评价亦高，他写作"激流三部曲"受《红楼梦》影响，也就是一件自然而然的事。中外许多研究者也都用他们的研究结论证明了这一点。

再比如说李劼人的《死水微澜》《暴风雨前》《大波》，是被郭沫若称为中国已经出现的"伟大的作品"，这三部带有一定内在关联的，反映从甲午战争到辛亥革命四川社会历史的连续性长篇小说，论者都说它受了法国"大河小说"的影响，有的甚至具体落实到上面说到的《卢贡·马卡尔家族》的影响作用，称李劼人为"中国的左拉"。李劼人确实翻译过不少法国作家的作品，无疑也读过左拉的小说，但据此便说李劼人的创作是受了法国"大河小说"的影响，似不足为据。倒是一些学者从历史的角度讨论李劼人的小说，颇多启发性。有代表性的比如郭沫若说李劼人的这三部作品，是"小说的近代史"，是"小说的近代《华阳国志》"。如果从这个角度，把李劼人的长篇小说与中国古代的历史演义联系起来，更能显出李劼人的创造价值。已有论者指出，李劼人长篇小说是在历史演义中加入了风俗人情的因素，这两个方面都源自中国的传统，说明所谓"大河小说"只是有些文学研究者和文学史家对李劼人的小说外加的包装，里面包着的还是由中国的小说脱胎变化而来的产品。

此外，这期间如林语堂的《京华烟云》和老舍的《四世同堂》，不管写法多么现代，在现代的语言文字和篇章结构中，包裹着的依旧是中国的精神和思想。林语堂是道，老舍是儒，只不过故事扮演的是现代的人生和时代的风云罢了。

与五四时期的自然传承相比，三四十年代的作家，在学习西方的过程中，融合传统，相对来说，要比较自觉一些。我上面说到的五四时期的中西杂糅，是自然而然地糅合到一起的，时代的风气是向西方学习，看家的本领却源自传统，既要得风气之先，又只使得出自家的招数，两者遇合，一时不辨中西，自然就会出现一种杂糅状态。三四十年代的作家不同，其时，激进的反传统浪潮已过，作家已较能冷静地对待自家的传统，不是西方的一切都好，中国的一切都坏，也较能正视传统中那些有价值的东西，尤其是长篇小说那些尽人皆知的作品，在作家的头脑中都留有不可磨灭的记忆，这样，当他们的作品涉及社会人情，家族关系和历史变迁的时候，就会自觉地从例如《金瓶梅》这样的社会人情小说，例如《红楼梦》这样的家族小说，例如《三国演义》和诸多历史演义小说中汲取营养，这些古代小说自然就成了他们效法传承的对象。虽然后来的学者和评论家在这些作品上面披上了西式的外套，但无论从哪方面说，它们与源自史诗的西方长篇小说，尤其是像巴尔扎克、左拉这样的作家，习惯以多卷体的方式从纵横方向全面展开的模式，完全不同。

20世纪40年代，是一个特别的年代。文学一方面在传承"五四"，另一方面，同时又在进行新的实验。这种新的实验其实走的仍然是"五四"新文学开辟的道路，只不过其价值功用有所不同罢了。从近代文学改良开始，黄遵宪等人就主张汲取民间滋养，五四文学革命也不拒绝俗字俗语，白话新文学也是以民众的口头语言为基础。民众的口头语言和民间文艺，一直是这期间的文学改良和文学革命的主要资源。这条民间路线在20世纪40年代的根据地、解放区，得到了长足的发展，以赵树理为代表的小说家，在这期间做了种种吸收民众口语和民间形式的实验，结果便产生了一种为老百姓所喜闻乐见的带有民族民间色彩的新型小说，这种新型小说的形式和风格，一直延续到新中国成立后的五六十年代，成为这期间文学创作的一种发展方向。与此同时，起于战地报道和战斗故事的另一类小说，也因为与历史悠久蕴藏丰富的中国古代英雄传奇和上面说到的历史演义同质同构，而逐渐演变成一种新的小说文体。这种小说文体通称为革命英雄传奇和革命历史演义，也是一种具有民族民间色彩的小说样式。这种小说样式同样延续到新中国成立后的五六十年代，甚至到七八十年代余波尚在。以上面说到的这两种类型的小说为代表，从四十年代的根据地、解放区时期到新中国成立后的五六十年代，中国当代小说的总体发展倾向，无疑是偏向传统的，或带有鲜明的传统色彩。

尽管如此，因为"五四"以后流传的小说观念和流行的艺术追求，毕竟大多是来自西方，是以西方近现代的小说艺术为标准。所以，不论赵树理等作家如何努力中国化，如何让自己的作品穿上中式的外衣，仍不免要受制于一种西式的身体美学，仍然自觉不自觉地要以西方的观念和标准去进行形塑，以求符合现代的实际是西方的审美标准。最典型的如这期间的小说所追求的现实主义、典型化和史诗性等。现实主义、典型化和史诗性，无疑是一种西方的标准。虽然按照这种标准衡量，中国古代小说也有很多很现实主义的作品，也不乏成功的艺术典型，有些小说也具有史诗的规模或史诗的特性，但这只是用西方的标准衡量的结果，并非中国古代作家自觉的艺术追求，这与从40年代到50、60年代，尤其是50、60年代的作家不同。现实主义、典型化和史诗性，都是他们自觉的甚至是最高的艺术追求，多数作家都以追求现实主义为己任，朱老忠、林道静、梁生宝、江竹筠等被称为典型人物，《红旗谱》《创业史》等被认为是具有史诗性的作品，如此等等，说明这期间的小说在中国化的追求中，也隐含有西方的观念和标准，呈现出来的是一种中显西隐的状态。

到了"文革"结束后的70年代末、80年代初，情况就发生了很大的变化。由于一直以来占主导和主流地位的现实主义小说，遭遇极端政治化的侵袭，逐渐陷入机械反应和刻板照相的窘境，需要进行革新改造。在这个过程中，更新的作家发现，仅仅对现实主义本身进行革新改造，还远远不能适应现实的需要，也远远不能适应世界潮流，于是便转而师法在20世纪兴起的，取代传统现实主义的现代主义文学潮流，现代主义实验成为波澜迭起的新潮。从20世纪80年代中期前后，一路向西，几乎依次模拟仿造了20世纪西方现代主义和后现代主义各小说派别。与此前的向西方学习，杂糅中西和外西内中、中显西隐不同，这期间的新潮文学实验，从理论观念到方法技巧，乃至语法修辞、文风语气，都刻意照搬套用，结果便因为过于观念化和过于技术化而失去读者，难以为继，到了80年代后期不得不重新回到现实主义，在现实主义的基础上另起炉灶，这一炉的产品便是"新写实小说"。这段历史，在座的许多文学爱好者都耳熟能详，不用我多说，我要说的是，无论是现代主义，还是现实主义，都是西方文学的经验和资源，模仿现代主义和复兴现实主义，都是在西方文学的历史里翻跟斗，于中国传统的转化创造，并无直接关系。直到 90 年代以后，从先锋文学的转向开始，中国的传统才重新受到重视，同时得到了有效的开发和利用，90 年代以来的小说创作于是又复归中国化的征途，取得了可观的成就和进步。

我曾在多处讲过 20 世纪 90 年代以来，先锋文学实验转向后，当代小说作家开发利用和创造性转化本土资源的种种表现，归纳起来，有两个大的方面的特点，一个方面是整体的文化视野，另一个方面是全方位的文学传承。

先说第一个方面。所谓整体的文化视野，是说这期间的文学在取用和转化本土资源方面，不仅仅是盯住文学本身的资源，而是面向整体的民族文化资源。中国古代文化，在最初阶段，文学和历史、哲学是没有分家的，是一个文史哲不分的混成体。因此，文学和历史、哲学是共享一种文化资源的，例如古代的神话传说，寓言故事等等，都为后来分为三家的著述所采用。也共有某些思维方式和著述方式，如纪实和想象、直言和暗示等等。即使是后来文史哲分治之后，这种共享、共有和相互渗透相互影响的情况，依旧存在。因而文学在中国古代某些时期的指涉非常广泛，并非单指我们今天所说的文学，文学文体独立出来以后，仍带有从混成的母胎中出来的杂合元素，这样的文化传统，给文学创作提供了极为广阔的天地和极其广泛的自由度，也给长期以来受西方小说文体局限，逐渐作茧自缚的小说家以重要启示，提供了一条开放小说文体，重获写作自由的可能性出路。张承志、韩少功等主张小说回到文史哲不分的原始的"书"的状态，主张把小说写成"大散文""杂文学"等等，就是源于这样的启示。这些作家在自己的创作实践中，同时也做了许多重要的探索。如韩少功的《马桥词典》既是小说，又是语言学研究，《暗示》既是小说又是哲学等等，都呈现出一种多学科元素杂合的混成状态。有些作家则专注于历史著述和与之相关的民间文体，如迟子建的编年体小说《伪满洲国》，张炜的纪传体小小说《外省书》，柯云路的纲鉴体小说《黑山堡纲鉴》，以及孙惠芬的方志体小说《上塘书》，李锐的农书体小说《太平风物》，和郭文斌的风俗志体小说《农历》等等。我在前面说到的笔记文体，从20世纪80年代以来，就得到了广泛地开发和利用，新笔记体的小说，由高晓声、孙犁、林斤澜等人的短篇发展到如叶广芩的《青木川》这样的长篇，正是对笔记文体综合的文化著述功能创造性转化的结果。贾平凹在长篇小说《老生》中嵌入《山海经》，也是基于中国文化著述自古以来便有这种杂合的功能。

再说第二个方面，全方位的文学传承。所谓全方位的文学传承，是说此前的当代小说创作，在传统的继承方面，是存在选择的偏向的。20世纪50、60年代，受五四文学革命和后来的政治影响，对中国文学中的正统诗文，和文人传统，是持排斥态度的，文言的文人小说也在排斥之列。非文言的文人小说，除"四大名著"这样的例外，其他也大多被划入封建士大夫的"消闲"文学范畴。像《金瓶梅》这样的作品，更被认为是充满了封建文化的毒素，尽管在文学史上评价很高，却不是"继承发扬"的对象。这期间的小说"继承发扬"的传统，主要是起于民间的话本小说和英雄演义、历史演义，前提还必须是批判了封建思想的糟粕，所以传承的对象比较单一，路子越走越窄。20世纪90年代以来，以前单向传承的起于民间的话本小说和演义小说的传统，不但进一步受到作家的重视，如李锐就呼吁重视章回体小说的价值，贾平凹的创作不但一直重视向话本小说学习借鉴，而且还颇有创造性地把孕育话本小说的"说话"，解释为大家聚在一起，"给家人和亲朋好友说话"，进一步更新了话本小说的观念。其他如王蒙的长篇小说对话本小说"得胜头回"的"入话"形式的改造等等，都是这期间的小说对中国古代起于民间的小说传统开发利用和创造性转化的结果。与此同时，这期间的小说也打破了上述单向度的继承模式，文人创作同样受到了作家的重视，如上述文人创作的笔记文体被改造成新笔记小说，又如格非的"江南三部曲"对《金瓶梅》的学习和借鉴，格非甚至说，《金瓶梅》的"简单、有力使我极度震惊，即使在今天，我也会认为它是世界上曾经出现过的最好的小说之一。我觉得完全可以通过简单来写复杂，通过清晰描述混乱，通过写实达到寓言的高度"。所以，他决定"另起炉灶""以现在这样的方式来完成这部小说"。凡此种种，都是这种全方位地传承和转化中国文学传统的表现。这个问题我在多篇文章中也都讲过，大家可以参看，我在这里只说一个大概，就不详细展开了。

中国现当代小说，在传统与现代，或曰中国与西方之间，经过了一个多世纪的艰难历程，在中国化的总体目标上，摇摇摆摆地走到今天，已经取得了很大的成就，收获了很丰硕的成果。但这个追求并没有完结，还有很长的道路要走。中国文学的传统是割舍不断的，西方文学毕竟也影响了我们一个多世纪，要在两者之间取精用宏，融会创造，不是一件很容易的事，这就需要我们继续努力，在继承传统、借鉴域外经验的基础上，走出一条中国特色的创新性发展的道路。

我看戏曲——一个老观众的角度

沈虹光

　　我这个年纪的人有没有不知道戏曲的？也许有，但肯定不多。那时候没有"戏曲危机"，不论你看不看，它都在那儿，戏曲剧团很多，武汉不光有京剧、汉剧、楚剧，还有豫剧、越剧、评剧，外省也一样，每个省都有自己的地方剧种，我甚至觉得，我们中国人要是不知道中国的戏曲，会是一个很奇怪的事情。现在知道这是传统文化，戏曲是中华文化的瑰宝，不管你看不看，你都生活在这个文化中。我不看楚剧，但我知道关啸彬，我知道武汉人很迷他，老人乘凉的时候躺椅边放个小收音机，一晚上放的都是关啸彬的"悲迓"，人睡着了，关啸彬还在那儿唱。

　　记忆中第一次看戏曲是在河南，1954 年，我六岁。时间说得这么肯定，是因为这一年武汉发生了一个大事件，就是发大水了。我从河南回来，坐在三轮车上低头看，车轮都在水里，洪水已经越过江堤，汉口大街上都是水。我第一次看戏就是在河南，看的是当时叫河南梆子的豫剧。那是在开封的一个部队疗养院，有剧团来慰问，我根本看不懂，看见大花脸觉得非常害怕，但我记住了四句唱，证明我在那里看到过一出好戏，就是《红娘》。后来我知道这个戏是常香玉的代表作叫《拷红》，我记住的四句是什么呢？"谯楼上打四梆，霜露寒又凉，为他们婚姻事，俺红娘跑断肠。"回到武汉大人就叫我唱，我一唱他们就乐，说这小孩子到河南学会了河南戏呢。我知道了方言的不同，我们说"红娘"，是两个阳平，河南话"红娘"是两个去声，"讧酿"。这也开阔了孩子的眼界，大人无意间的议论也会给孩子点拨，知道一个唱戏的了不起的人，叫常香玉。

河南人说常香玉，到湖北说谁呢？说陈伯华。我什么时候知道她的记不清了，但这个名字如雷贯耳。1952年新中国成立以后举办的第一次全国戏曲汇演，陈伯华的《宇宙锋》轰动京华。后来我们新成立的武汉电影制片厂拍了她的《二度梅》，还拍了《留住汉宫春》，其中有她的《柜中缘》。这个例子说明什么呢？就是看戏曲的时候，你对戏曲的理解和接受是日积月累的，不是一次完成的。开始你可能不懂，看到大花脸非常害怕，我现在都记得那时尖叫的感觉，但是慢慢地你就知道了。你看我从小看的戏，才六岁，到现在还记得这个"俺红娘跑断肠"，还会唱。

过了半个多世纪，2007年，举办第八届中国艺术节，我是工作人员，来了个年轻记者采访，问我们湖北为艺术节做了什么准备。我就说，我们要向全国的艺术家展示我们湖北的戏曲，就是展示湖北的地方戏。她就问什么地方戏。我脱口而出，汉剧。为什么呢？因为汉剧在湖北地方剧种中，历史最悠久，剧目最多，行当最齐，声腔最丰富。三千里汉水由西向东，汉中、汉水、江汉、汉口、武汉，流出了一个汉剧，成就了西皮二黄，北上京城，南下闽粤，影响了中国的很多剧种。我们湖北人要不知道它就很奇怪了，是吧。我到外地去，外地朋友都会说，哎，你们的汉剧怎么样啊？可我没有想到的是，这个年轻记者她不知道。我说到陈伯华，她说什么什么？她拿着笔在记录，问我谁谁谁。我第一个反应就是惊讶，哦，现在的年轻人不知道陈伯华了。我现在都记得当时的心情，非常意外。我告诉她，耳东陈，叔伯的伯，中华的华。心里说，真是隔了好几代了，年轻人连陈伯华都不知道了。

余秋雨先生大家都知道，原来是上海戏剧学院教授，他讲课的时候曾经有学生提问，编剧、导演、演员当中谁最重要。余教授说，如果把戏剧的编导演比作一支舰队，那么编导是舰身，而高高飘扬在桅杆顶上的旗帜就是演员。陈伯华就是汉剧这支舰队的旗帜，而汉剧又是湖北武汉的一面旗帜。1965年在广州举行中南五省汇演，我去了，参加了一次接见，中南地区的书记陶铸接见演员代表，几百人一排排站好准备拍照，这样大的场面里，最闪亮的就是中间几个省的名演员，湖北的陈伯华，河南的常香玉，湖南的彭俐侬，广东的红线女，广西的尹曦。陶铸一来就冲着她们去了，因为她们一个人代表一个剧种，一个剧种代表一个地区，人和剧种都成为地域文化的标志，现在我们叫地区名片。

每个行业都有自己的杰出人才，都有自己的旗帜，为什么戏曲演员这么闪亮，这么引人注目呢？我想，可能跟这个职业的特殊性有关系。比如说医生，大家都知道张文宏医生，他说如果不是疫情，你们不知道我的啊，等疫情结束了，你们看我又是这个样子。大屏幕就打出他在医院查病房的样子。他说，我不会坐在这里的，我不会成网红被大家注意的。他这么讲，是因为他的工作不是表演，看病是不需要表演的，他的工作成果是通过病人的恢复，病人的健康来体现的。而演员不同，演员的工作就是表演。编剧的剧本写在纸上，最后给观众看的不是剧本，他看的是演员的表演。演员的形貌，他的身体，他的声音，他的表情，他的动作，他既是创作材料创作手段，又是创作成果。他扮演的角色就是他的作品，观众欣赏作品也就欣赏了演员。优秀的演员光彩，你很难形容，但是你看一次就忘不了，所以演员会成为一面旗帜。一方水土养一方人，地方戏演员的相貌气质往往还有地域特点，常香玉，一看就是中原人，喝黄河水的是吧；陈伯华，灵秀精美，武汉人，喝长江水汉江水的。地域风貌会在这个演员身上体现出来。陈伯华开口就是武汉腔，常香玉开口就是中原音，也是人们最留恋的乡音。

我说说自己经历的几件小事：

第一是我们罗田县剧团到北京演出，演什么呢？《余三胜轶事》，就是京剧老生泰斗余三胜，他是罗田人，罗田编了他的戏。因为是罗田人，这个角色先就要唱罗田东腔，就是当地的一个戏曲声腔，到武汉成了汉调大王，要唱汉调，然后到京城，成了京剧老生泰斗，还要唱唱京剧。我也去了北京，在剧场门口等朋友来拿票。观众很多，年轻的男男女女，穿着打扮一看就是大城市的时尚的成功人士，可是一开口打招呼都是罗田话黄冈话。我当时就笑起来，都是老乡啊，好亲切。然后看戏，中间观众席突然站起一排人，拿着簸箩，竹篾编的这么大的圆簸箩，举着。我说这些人怎么了？正演出呢，这是干什么？跑前头一看，簸箩上写着字，一排人每人举一个字，合起来是"余氏宗亲欢迎余三胜轶事进京"，举着摇着晃着，就是这样祝贺乡亲到北京，有意思极了。

第二件事情，我接到过一个陌生电话，至今我都不知道打电话的人姓甚名谁，他开口就说，你在湖北日报发的一篇文章提到了丧歌，是不是我们家乡的花鼓戏呀。我说你是哪里人。他说他是江陵人。我说我写的丧歌不是你们那儿的。他说他们家乡的花鼓戏也很好听啊。他自己是读书出来在外面工作的，父亲去世后，姐弟们赶回去送父亲上山。妈妈说什么都不要，你们的父亲说了，就给他唱三天花鼓戏。儿女们就请了戏班子在父亲灵前唱了三天。这是我这样的城里人想象不到的。

第三件事也是亲身经历，我在现场，听豫剧交响乐《朝阳沟》，有合唱，独唱，栓保、银环都出场了，非常有意思。我们知道西方交响音乐会结束时一般会演奏《拉德斯基进行曲》，观众起立和着节奏鼓掌。这天看《朝阳沟》观众也不走，站起来鼓掌，还嚷。指挥转过来问要什么。观众就嚷，"亲家母你坐下""亲家母你坐下"。指挥回过身去，庞大的交响乐队和合唱队随着他的指挥就开始了，"亲家母你坐下，咱俩说说那知心话"。全场那个沸腾啊，就像《拉德斯基进行曲》一样，和着节奏鼓掌，上千人一起跟着唱"亲家母你坐下"，就是河南腔。好震撼。当时我想，这要是在海外，要是河南人在这样的情况下他会怎样激动？

我说这些小事儿，是说我感受到戏曲强大的力量，乡音乡情的力量，要是在海外那些河南人听了他要掉泪啊。湖北人也一样，我们的汉剧到台湾到香港，同乡会也是奔走相告的。戏曲的深入人心，可以从戏台看出来，宗祠、会馆、乡村、集镇，哪儿哪儿都有戏台。郧阳一个小县，一二十万人就有四十八座老戏台，襄阳牛首有个戏楼子路，老戏楼只剩一座，路名儿留下来。罗田九资河，就是余三胜老家，有个罗家大院，是建于明代的古民居，父母带三个儿子，连体的四个院子，一院一台，一家四个戏台，可以跟父母一起看，也可以关起门小家单独看。戏曲就是那个时代人们的享受，是他们的精神生活。它来自田野，来自民间，它是家乡的声音，父母的声音。老人临终为什么要花鼓戏？那是他的心灵归宿，最后的精神家园。

我这样说地方戏的魅力，说我受到的震撼，那么我是不是一个戏迷呢？是不是一个戏曲工作者呢？都不是，我是个外行，我与戏曲一直是有距离的。

我学的是话剧，在我心里话剧和戏曲有三样不同。第一，它们的历史不同。话剧是新文化运动兴起后出现的，伴随着科学与民主的浪潮进入中国，由欧美日的中国留学生带回中国。话剧的开山之作《黑奴吁天录》就是改编美国小说《汤姆叔叔的小屋》，通过黑人对奴隶制度的反抗表达中国人对专制制度对帝国主义的反抗。它是舶来的，从国外引进的。我觉得这个历史好。当然我还有另外一个感觉，我觉得话剧比较洋，戏曲比较土，地方戏更土，不仅土还俗。而我们话剧，学斯坦尼斯拉夫体系，看契诃夫、果戈理的剧本，自我感觉很好，历史传承不一样。第二，话剧有战斗的传统，三十年代就有"左翼戏剧家联盟"，就是共产党领导的戏剧团体，很多话剧工作者都参加了"左翼"活动，抗日战争时期，有街头剧《放下你的鞭子》，重庆大后方的《屈原》《雷电颂》。到了解放战争就是《战斗里成长》，都是配合时代风云的。而戏曲呢？总是小姐赠金后花园，落难公子中状元，卿卿我我那一套。话剧最初叫新剧，既然话剧是新剧，谁是旧剧？那就是你戏曲了。话剧还叫过文明戏，话剧是文明的，谁是不文明的呢？那还是你是吧？我那个时候小小年纪就有了文化优越感，这是第二。第三，也是老同志告诉我们的，我们是新文艺工作者，我们不是唱戏的，我们不是演公子小姐谈恋爱的。下乡的时候那些农民叫我们唱戏的，那时候我还小，他们叫我小戏子，我很反感，我想告诉他们我学的是话剧，我不是唱戏的。农民不管这些，剧团就是戏园子，唱戏就是戏子，他不说演戏，他说唱戏。弄得啼笑皆非。所以很长一段时间，我和戏曲是有距离的。

随着年龄增长，阅历增加，时代变化，社会变化，思想观念也发生了变化，改革开放以后有些想法颠倒过来的都有。但是潜在的这种优越感这个距离还是有的。我举个例子：

余笑予是了不起的戏曲导演，是新时期杰出的戏曲艺术家，他的代表作《徐九经升官记》大家都知道，还有一个戏大家可能不知道，看到的人可能不多，因为没有得过奖，不像《徐九经升官记》那么轰动，这就是汉剧《求骗记》。我什么时候看到的呢？余笑予去世后，2012年7月省里举办艺术节，这个戏是过去的，只参演，不评奖，几个人排一排，投资也很小，就那么演了。在黄鹤楼剧场看的，我非常震动，就想写一写。跑到省戏曲艺术剧院找剧本，把编剧的文本与导演的舞台本对比，做了一点功课。

我简单地说说这个戏啊，戏中写一个穷秀才，没法过年了，到岳父家借了十斤米一刀肉，回来天已经黑了，撞上一头牛，没看清是什么，吓得呀，米和肉全跑丢了，魂飞魄散回到家里。秀才娘子问怎么了，他说碰到一个怪物。娘子问什么怪物啊，他就讲什么样的，头上两个角，后面一条长长的尾巴。娘子气得呀，这不是牛吗？什么怪物啊？你说你有什么用，连个牛都搞不清，肉也丢了米也丢了，文章又不能炒饭吃，怎么办？这时候找牛的来了，要春耕了，没有牛不行啊，敲着锣找牛，谁要帮我们找到牛啊，一定重谢。娘子灵机一动，出去了。我家先生可以帮你们找到牛。因为刚才秀才说得很清楚，这个牛在哪儿，在一个坡上的树下，所以娘子很有把握，说了个谎，说我家先生能掐会算，把秀才推出来。秀才又吓得要死，不行不行，这不是骗人吗，做不得。娘子说这有什么，我又不多要，只要十斤米一刀肉，只把我们丢的找回来。是他的牛把我吓到了，才丢了米和肉，所以我这不算什么。秀才说，你真是逼良为娼啊。装模作样，又掐又算，牛找到了，收不了场了。都要他算，求婚的求宅的求官的都来了，湿手抓了干面粉甩都甩不脱了。县官也找他算，逼着他算，架着他算，每次都是要穿帮了，又"算"出来了，绝处逢生，好玩得不得了。一传传到皇上那儿，皇上要他算。哎哟，怎么推都不行。这个时候他要说我不会算，就是欺君；他要承认会算，还是欺君。怎么都是死罪，把秀才逼上了绝路。

就这么个好玩得不得了的戏，观众看得大笑。这是一出非常高级的喜剧。为什么说高级呢？因为他不仅仅让人捧腹大笑，还让你在笑声中，在秀才的狼狈和痛苦中，看到自己的影子。贪小利惹大麻烦，自食其果，有苦难言，是人人都熟悉的感觉，你也可能是秀才，也可能遇到这类事，都能体会到这样的窘态。参透人生的荒诞和吊诡，深入浅出，弦外有音，让观众想到戏外的东西，想到自己，这个戏就是好戏。

剧本是1986年发表的，五年，没有人排。1991年余笑予看到了剧本。我对比了文本和导演本，只说他演绎的一段戏，在县衙，有请神算子。秀才一出场观众就爆了，原来秀才是被绳子拦腰拴住，是拖出来的。你不想算你要跑，他把绳子一拽，跑出去又拉回来。极其夸张又极其真实，神来之笔，叹为观止。

余笑予在世的时候，我没有看过这个戏，即使我知道了看了，我会不会主动找他请教呢。难说。为什么呢？因为我觉得我们之间还是有一种隔膜。我们一起开会研讨剧本，从未个别交流。直到"八艺节"前，他排演的《大别山人》要参赛，我当时负责剧目工作，参加研讨给他提了很尖锐的意见，毫不客气。他抽烟，喝茶，脸上黑着，也不看我。我也很急，你这个戏不好，我这个负责剧目的怎么交代呀？会开完天已黑了，我们去吃晚饭，就是文化厅外面的小街，路灯被树荫挡住了，很黑。他身体不好，喘着走得很慢。我陪着他慢慢走。他边走边喘，慢慢跟我说，你放心，我想好了，我加一场戏。当时我心中咯噔一下子，心想他好聪明，会听意见啊。金牌导演，名气大得不得了，其实还是蛮虚心的。后来他加了一段戏，非常精彩，获得好评。这是唯一的一次切近的个别的交流。

他是梨园出身，父亲是戏班子的，他也是戏班子出来的。而我呢，是新文艺工作者，这种自我感觉多多少少地存在，影响了我和他的接触。我不大主动。王国维先生说，元杂剧好，就好在道人情，状物态。在余笑予这里，戏就是人情世故，他知道观众口味，谙熟下层社会，四言八句常常脱口而出，都是人间烟火。他承袭梨园传统，没戏的地方也要挖出戏来，即便俚俗，也俚俗得鲜活生动；即便市井，也市井得地道有味。他当然有局限，然而谁又没有局限？不管怎样，他总是为观众着想，"不哭一哈，笑一哈，叫么事戏咧？"他的优秀作品，包括这些作品的生产过程，作品闪耀的艺术光芒，都是能给人以启示的。

我说这些，是想说自己的局限，人都有局限，不管你做什么都会有局限。当下的我们身在其中的这个现实，一些举措一些观念，不论肯定还是否定，都不要太自信，不要自以为是，许多东西是要留待时间和实践去检验的。

好，我再来说说，由于工作关系我接触的地方戏曲。

湖北有多少地方剧种，我现在都说不清。在这本《中国戏曲曲艺词典》中，有二十九个条目是湖北戏曲剧种。二十九个条目是不是二十九个剧种呢？不是的。什么原因呢？第一，有的几个条目只是一个剧种，比如汉剧、汉调和楚调，三个条目都是一个剧种，就是汉剧。比如郧阳花鼓和二棚子戏，两个条目也是一个剧种，就是郧阳花鼓戏。再如应城花鼓、北路子花鼓，都与楚剧合流成为楚剧。还有的条目说是一个剧种，但没有专业剧团，如湖北越调、荆河戏、梁山调、建东花鼓、恩施傩戏、堂戏、灯戏等。有的就几个老人唱唱，这算一个声腔，还是一个剧种？吃不准，说不清。

当然，这是过去的词典，等一下我专门谈谈这个词典，不知道现在有没有新版，有没有增补。就这个词典上的条目，我说不清楚湖北是不是二十九个剧种。

我到厅里上班不久接到了两封群众来信，办公室转给我的。

第一封说汉剧，你们文化厅的干部管不管汉剧啊。这是全国有影响的大剧种，湖北就剩下一个半。什么叫一个半呢？就是我们省汉剧团已经合并到省戏曲艺术剧院，只是剧院中的一个剧种，不招生，只出不进，就这么多人，唱完就完了。这是我当时工作时的情况。还剩下什么呢？就剩下一个武汉汉剧院。所以叫一个半。信中质问，你们管不管？你们要看着汉剧死亡吗？语气很重。

第二封信是告楚剧的，说一些民间班子在大桥底下打围子唱戏，还打赏。就是现场扔钱。观众是一些游手好闲的、靠吃房租生活的市民，影响了社会秩序，要我们去管。

我刚到文化厅，要调查研究，先去了武汉汉剧院。当时在民意街，很冷清，没什么人。剧院的人看我去了很疑惑，不认识，说哪来这么个人，市局来电话才知道我是新来的。他们就说情况，印象最深的是一件事。现在汉剧有一个很优秀的青年演员叫王荔，她的同班同学，叫余少群，唱小生的。看电影的朋友知道，电影《梅兰芳》中饰演小梅兰芳的，就是这个余少群，武汉艺校毕业，分到武汉汉剧院，是一个非常优秀的小生演员。我去的时候他们告诉我，我们唯一的最好的青年小生刚刚走了，被挖去唱越剧了。说到这里老同志很伤心，剧院没有小生，怎么唱戏？旦角跟谁配戏呀？听了简直受刺激。

第二封信说楚剧，就到大桥下面去看，那天有三个围子，都在唱，群众围着听。给我什么感觉呢，群众这么喜欢楚剧呀。那封来信还说不远就是黄鹤楼剧场，为什么不到剧场里头去唱？非要在大桥下面打围子？哎，我看到的恰恰是楚剧的现实，你要到黄鹤楼唱他出不起场租啊，群众还要买票。大桥下是开放的，不要场租，不用买票，爱看就看，看得高兴就扔钱，这叫打赏。有的打赏很好玩，他那儿搁一桶塑料花，你扔钱拿一枝花，把花给孩子，老人看戏把孩子也带来了，孩子就蹒跚上去把花献给演员，大伙都乐，我也觉得好玩，很健康很阳光的感觉。有一个女演员唱得很好，化妆也比较正规，包头不水，很漂亮。我说你像专业的。她说她是科班出身，应城县剧团的，因为剧团发不出工资跟丈夫到武汉打工，他们邀她来唱戏，收入也不比丈夫少。

后来听说汉口中山公园、青山公园都有民间班子唱，就想楚剧还蛮有群众基础啊。只要内容是健康的，管理得好，也不是一件坏事啊。这是第二件事情。

也是这时候，看到报纸上一条消息，天门花鼓戏在硚口和平剧场演出。这是一个老剧场，现在已经拆了，当时条件也很差，大剧团都不去的。我去看到几乎满场，已经演了好几天，五块钱一张票，当然是低票价，但毕竟要收五块钱呢，现在我们有的演出也才十五块，当时这个五块钱也不算太少，居然能满场，还是天门来的剧团。演员就在后台打地铺。我到后台看了，电炉子什么就在那儿烧饭。演出很好，毕竟是专业剧团。这里也打赏，那天演《状元和乞儿》，唱到伤心的地方，下面的人就上去了，就是武汉的天门老板，夹着包包上去，哗地把包包拉开，一沓沓钞票啪啪地往外甩。

这给我一个什么印象呢？荆州花鼓，不是省城的，不是武汉的戏，但在省城武汉也有很好的群众基础。后来有大学请我们去介绍地方戏，我就想到荆州花鼓戏，就联系他们，我说你们能不能到武汉来。这样向武汉观众向大学生介绍的时候，剧种就更丰富，不仅仅是汉剧、楚剧、黄梅戏，还有荆州花鼓戏，这是湖北几个比较大的地方剧种。在我们一些庆典演出中，在晚会上我们也把他们请过来，因为他不在省城，没有地利，没有省市剧团方便，但是我们都给他们机会，推荐他们。事实上，他们在武汉也很受欢迎。武汉有很多天沔人，都非常喜欢。有的在深圳、北京发展的湖北企业，老板就买地方戏碟子送给职工以慰乡情，就有买楚剧和花鼓戏的。至于打赏，我想这可能跟中国戏曲传统的演出方式有关，它不像话剧，话剧在进入近现代城市进入剧场后演出就要售票了。传统农耕社会就是赶庙会赶集，集镇上老板出点钱，或者商家一起斗一斗，请戏班来唱大戏，红火乡镇繁荣商贸，戏台都是敞开的，怎么卖票啊？也不可能搞个剧场围起来。到厅里工作的第一个春节，我跟省戏曲艺术剧院楚剧团到江夏庙山，打赏的场面让我震撼，他们叫送幺台，这么大的八仙桌，四人一抬，堆着年礼贺礼，四个壮丁一手抬桌子一手举火把，一台台往上送。一共多少台呢？数不清。从舞台到广场，到进村的小路上，到弯弯曲曲的田埂上，一条长龙都打着火把，拿着火把往台上送。送几台要停一下，演员要答谢，怀抱凤冠，走到舞台两边，屈膝行礼，向群众致谢，群众就放鞭，很有仪式感，也是年节喜悦心情的对象化。通过这个仪式把喜悦心情表达出来。要说俗不俗呢，还是要看作品的内容。很多传统戏思想内容也是健康的。忠孝节义，爱国主义，都很正面的，生活戏，怎样处理邻里关系、婆媳关系，温良恭俭让，一些生活小戏稍加改动，对现实就有积极意义，老百姓也喜欢。

我做地方戏曲工作，知道群众喜欢的就要支持，举办第一届地方戏艺术节就比较下功夫。安排了十二天，九台新创剧目，都是大戏，还有五十六个折子戏。因为下面有些剧团有些小剧种来不及创作大戏，就把传统折子戏拿来，展示演员，展示剧种。我们把演出车也开出来，在江滩和一些热闹的广场打开演出车来演戏。有的地方剧种很难来武汉，武汉观众原先不知道还有这样一些剧种，很有兴趣看，演出反响很好。我到江滩去的那天晚上，正在演一个花鼓戏，观众就说，哎呀花鼓戏真好听啊，问我以后还演不演。

我们还组织了一个开幕式晚会，主题词叫"荆楚百戏奏华章"，百戏嘛，可见繁荣。这个活动却引出了一个问题。什么问题呢？我们策划的时候有一个设计，学了奥运会，每一个剧种举一面旗帜，汉剧、楚剧、荆州花鼓戏、黄梅戏……一个个举着旗子出来。这是观众熟悉的，还有武汉观众不熟悉的，比如东路子花鼓，武汉人知道是哪儿的？这是麻城的。山二黄，你知道是哪儿的？这是竹溪的。二棚子，这个名字叫得怪吧？它是郧阳的。还有什么提琴戏是崇阳的，采茶戏是阳新的，柳子戏是鹤峰的。武汉人都不熟悉，没见过，一个剧种就给它一面旗，彩排的时候，我在观众席里看着，我就嚷，我说高高地举起来，这是我们地方戏的尊严呐。旁边地方戏的同志就说我嚷得好，长我们的志气，蛮感动啊。果然，第二天演出的时候效果可好了，全省各个地方戏剧种的人都来了，还有武汉观众，我们请了艺校的女孩子，一个女孩子举一面旗，音乐也好听，灯火辉煌啊，她们举着旗帜在音乐中登场，汉剧、楚剧、花鼓戏、黄梅戏、东路子花鼓、山二黄、二棚子、采茶戏、提琴戏、柳子戏……全场欢呼，观众就看旗帜上的剧种名儿，这是我们的，那是我们的，有的老艺人热泪盈眶，说从来没有这样荣耀。也就是这个晚上带来了一个问题，有人发问，怎么没有我们呀？

我本来就搞不清楚到底有多少剧种，你来了，就给你做一面旗，你没来就对不起，我就不做。我想不到啊。记得当时做了十五、六面。肯定不全，没有词典里说的那么多。有人问怎么没有他们那个剧种。我说谁让你不报呢？你不报我当然就不做了。实际上我这话也不是事实，因为有一个剧种是报了的，是我把它刷下去了。什么戏呢？巴东堂戏。

当时我有个想法，第一次展示地方戏，要注意质量。怕质量不高让武汉人瞧不起，哦，就这水平，以后再有地方戏，人家就不看了。所以下面报上来的戏，评委会都要过一遍。巴东堂戏报上来的是个小戏。前面一个个地看，已经看了很多，评委都有点疲倦，也快到中午了，堂戏的碟片来了，一放，哎呀，很粗糙，灯光也不好，模模糊糊的，不是正规剧场，就在一个空房子里，后面挂一块皱巴巴的布，俩演员一个旦一个丑，唱来唱去，走过来走过去，也不知道唱的什么。大家就说不行，要他们再录一遍，可时间来不及了，算了算了。我就说好吧，算了吧，就把巴东堂戏"算了"。

恩施有五个剧种叫作五朵金花，灯、傩、柳、南、堂。第一届地方戏艺术节来了鹤峰的柳子戏，灯戏、傩戏、南剧没来。堂戏送了那个碟，还是想来演出，却被刷掉了。过后我就想去看看，上了《中国戏曲志·湖北卷》和《中国戏曲曲艺词典》的，就这么"算了"，说不过去。

到巴东才知道他们没有专业剧团，就是农民演出。据说这个堂戏过去就是在堂屋里演的，山里没什么平地，更没有广场舞台，就在堂屋里唱。堂屋也小，就在桌子上唱，四方桌，一生一旦，沿着桌子边扭来扭去，进三退四，叫作姐儿风流步。桌子太小展不开，多一个人都不行，就到地上唱，叫稿荐戏。什么叫稿荐呢？就是麦秸芦苇棕皮编的垫子，铺床上的，搁地上你就在这上面唱了。还是一生一旦，脸上搽点红，扭过来扭过去，沿着堂屋这么走走，绕八字，叫作绞纱把子，小时候看见农民绞纱把子，就是绞八字。来来回回在堂屋走，这么简单，这么简陋，这么单调的戏，我们在大城市生活的现代人很难想象，这样的戏居然曾经在山里头大大流行。

康熙年《巴东县志·风土志》记载，巴东五峰，秭归兴山都流行，在兴山叫踩堂戏。这个踩字好有动感，我们学戏曲史，知道唐代歌舞《踏摇娘》，勾脚吸腿，脚跟踏地，前脚掌"啪"地往下一扣，另一只脚又起，再踏地，再扣，或急或徐，俯仰扭摆，颇为妖娆。《湖北戏曲志》记载，五峰白溢坪一带有姓名可考的堂戏艺人，可上溯至清同治年间，这是在鄂西大山里头，有历史的，有影响的剧种。

他们带我去了一个叫瓦屋基的村子。一边是大山，一边是长江，车子贴着崖壁走，绕来绕去头都要绕昏了。到了瓦屋基村，也是贴着山壁的，村民活动室也很小，贴着山壁都是窄窄的。也是挂一块布，两个人唱来唱去。我问他们，这些演员都是做什么的，我是问职业。那个团长是个小老头，拉胡琴，他回答我说："养猪种田，忙里偷闲。"一说就哈哈大笑。我说哦，都是农民啊，没有出去打工吗？他说打了工的，过年回来一起玩哈子。他很开心。

我问这个堂戏是谁教的呀。他说谭老师。旁边就有一个他们叫谭老师的人，也在拉胡琴，谱架子上搁着一本《堂戏精选》，相貌堂堂，头发梳得整整齐齐，衣着干干净净，一看就不是乡村农民。团长介绍，谭老师是文化站的老站长，退休了，到乡下帮忙搞文化活动。谭老师叫谭绍康，后来听文化厅做群众文化的同志说起他，原来他退休以前就是我们省优秀文化站站长，很突出的。

谭老师给了我三本书，一本《堂戏精选》，一本《婚丧歌精选》，再一本《山民歌精选》，每一本都很厚。没有做过这个工作不知道这工作的艰苦，他得到田野调查，翻山越岭不说，好不容易找到被访问的人吧，还都是些老人家，颤巍巍的，记忆力衰退，指东道西，其说不一，相互矛盾以讹传讹，要反复比对，梳理分析，不耐烦真是干不下去。他做了六年，跑遍神农溪流域，东至秭归、兴山，西抵重庆巫山，北达神农架，记录整理了五百三十九首山歌，一百五十四首小调，婚嫁歌十种，丧歌一百一十二种，堂戏剧目五十五个。这是已然消失了的山里人的文化生活。三本书，三千多页，三百余万字，手指头写变形，视力都模糊不清了。

谭老师带我去了沿渡河，这是崇山峻岭中的一个小镇，以前全靠船进出，《湖北戏曲志》记载，清末民初比较出名的堂戏班社当中就有沿渡河班。现在这里是神农溪旅游景区，大家看过央视青歌赛，有一个叫谭学聪的演员唱"撒叶儿嗬"得了金奖，他就是在沿渡河给游客唱纤夫号子被电视台发现，包装打造参加央视青歌赛一举成名的。

听说省里来人看堂戏，有的艺人激动得睡不着觉了。堂戏团长是个乡村能人，经商，唱喜歌丧歌，做红白喜事道场，收入很多，盖了一幢很好的楼房，他把最上面一层给堂戏团活动，无偿地提供。演出就在河边的小广场。为了给我安排雅座，他们把观众往旁边轰，山里人老实，乖乖地退到旁边，把中间空出来。搞得我很不好意思，赶紧把雅座椅子拉开，还是和观众坐一起。

演出了，还是粗放，闹哄哄的，音响也不是太好，孩子跑来跑去。但是观众看得兴高采烈。演员的戏装也是大红大绿，不光是传统戏曲的古装啊，凡是鲜艳的，凡是好看的都穿到身上，彝族的百褶裙，藏族的袍子，花里胡哨的都穿上。旁边还有帮腔，有点像喊号子。我就说怎么像喊号子。谭老师说，我们沿渡河的堂戏就是吸收了神农溪的艄歌，就是号子。因为这里就是神农溪嘛，有艄公。文化就是环境产物，受到环境影响，神农溪的堂戏就把艄歌也放进来了。蛮突出的还有白鼻子小丑，特别会"现挂"，即兴地说一些水词儿，惹得观众非常高兴。

有一个女的叫费天凤，唱小生的。瘦高个儿，所以她唱小生嘛，体形很好，四肢很长，皮肤很黑。看见我特别亲热，把我的手一抓。哎呀，那手就像男人的手，粗糙有力。山里人直爽，见面就问我年纪，知道我们同年，她就感慨，还摸我的脸，她说哎呀你看你多嫩，我多苦啊。然后就一直跟我说她的家事。你不听你真的想不到人怎么这么苦，人的命怎么这么苦。女儿死了，死在家庭纠纷中，是跟女婿的矛盾。儿子是跟生产队闹矛盾，喝农药自残。幸好还有个好外孙女，在县城高中毕业，就在县城工作，老板夫妇喜欢这个孩子，聪明，工作也好。她说，我是为我外孙女活下来的，好在我外孙女很争气。这是三峡库区，水库蓄水要移民，有的移到外地，他们是原地往山上搬迁，山下的田地淹掉了，果树没有了，搬到山上重新栽种，那生命力真强啊。她说橘子树啊柚子树啊都挂果了，你要有工夫跟我到山上去剥橘子吃。只是从山上下来唱堂戏要走一个多小时，现在村村通了班车，一次要两块钱，来回四块钱，她舍不得，还是步行，风雨无阻。她以手捂住胸口说"一唱堂戏，我这里就不'亘'了"。让我更惊讶的是，说到她的孩子和家里的事情，一滴眼泪都没掉，眼睛干干的，语气也很平静，还能够跟我讲她的堂戏。我想人怎么能够这样坚强呢？这样的苦，又这样的坚强，让我很惊讶。

回县城的时候谭老师跟我一辆车，他说沈老师你听不听歌。我说要听啊。他就说我唱给你听。没有想到他唱得那么好，歌词是这样的：

> 小幺姑儿做双鞋（hai），
>
> 用纸包起等郎来，
>
> 郎许姐的包头儿，
>
> 姐许郎的鞋（hai），
>
> 针线不好你莫怪，哦嗬吔，针线不好，你莫怪。

他坐在后头，我看不见他的表情，只听见他的声音，不高，有点沙，就像在说话。感觉眼前全是山，一眼看不到头的大山，一个小小的人，背着背篓，躬着身子爬呀，爬呀，就这种感觉。

我说这是情歌吗？他说是情歌。我说怎么听着很忧郁啊？他说你说对了，好多情歌都是很忧郁的。

谭老师也很苦，出身不好，步步坎坷，一言难尽。那天他和费天凤跟我讲了很多经历。谭老师说，直到改革开放，到文化站做了文化工作，才是他一辈子最幸福的日子。现在退休了，他还住在文化站，镇里把那个房子给他住，旁边有个房子还挂了堂戏团的牌子。我有一次去，他不在。我就跟外面的人说话，问他们堂戏好不好看。他们说好看。我问怎么好看。他们说，"蛮现实，跟电视里的不一样，就是我们这里的事。"

过了一年，谭老师突然从沙洋给我打电话。他说他在沙洋。我说你在沙洋干什么？他说，沙洋有巴东的移民。三峡水库一百多万移民，巴东有一部分被移到沙洋。老老少少两千多人，他们想念家乡，把谭老师请到沙洋教他们唱歌唱戏。我说谭老师，你做的工作太好了。谭老师说是啊，他在那儿教了一个多月。

我说这些是什么意思呢？我想说，这就是他们的生活，你没有在大山里生活，你不会有山里人的体会，糙是糙一点，却是他们的快乐。有一个《峡江情歌》，是根据民歌《土家乐》改编的，陈春茸和王丹萍都唱过，还得了奖。那个唱词写得多好啊，"山里人自有山里人的乐，生生死死都快活"。看到费天凤、谭老师，就是这个感觉。分别的时候，费天凤还用她男人一样粗糙有力的手拉着我，说我们好想到省里演出哦。

2018年，江苏昆山举办百戏盛典暨全国地方戏展演。为什么在昆山举办呢？昆山是昆腔的发源地，这是中国最古老的戏曲，它影响了全国许多剧种，昆山也被誉为中国戏曲的发源地。这个百戏盛典2018年启动，到今年，连续三年，邀请全国的地方戏剧种去演出，有专业的有民间的，还有家班子。有的也非常粗糙，以我们的眼光，质量也不高，难登大雅之堂的，我们不是把那个刷掉了吗？昆山不然，你是一个剧种，你是一个声腔，就邀请你去表演。有的就是父亲带着儿子女儿在那儿唱啊，唱的你也不一定懂，你可能也感觉粗糙。可他们欢迎你去唱，负责你的食宿，给你来回交通费，给你演出费。只有一个要求，请你留下一件你这个剧种的文物。戏单、戏衣、乐器、道具、几张纸的手抄本也好，他们都郑重收藏，给你发收藏证书，给你收藏经费，照相留念。有的艺人老泪纵横，得到这样的尊重。通过他们三年连续地做，统计下来的剧种有三百四十八个。

三百四十八个一个都不能少，这就是尊重，这就是对民间文化传统文化的尊重，昆山大舞台给了他们尊严。他们捐献的文物，将来会进入正在建设的中国戏曲博物馆，郑重展出，进入殿堂。

我是一个老观众，老观众难免有局限，免不了说老话，动不动就回忆过去，今昔对比，现在我也来今昔对比一下。

在我看来，今天的戏曲，内容和形式都发生了巨大的变化。有了高科技的声光电，各种艺术形式相互借鉴，现在的戏曲演员文化水平高了，再不是苦出身，也不是没有文化的农民，很多演员还受到音乐学院声乐教师的声乐指导，有科学的训练，能够唱得很优美，这都是过去不能比的。现在的戏曲舞台比过去更加丰富多彩，更加绚丽夺目。如果要挑毛病，以我这个老观众的角度看，就是戏味儿差了，戏味儿淡了。

老观众讲究听戏，听什么？听声腔的韵味。今昔对比，我感觉现在的戏没有过去的戏有味道，或者说戏味没有过去浓郁了。真正的老观众比我懂，他们是老戏迷，我不能算戏迷，我说过我是有距离的，只是后来做了一段戏曲工作，接触了戏曲。真正的老戏迷会觉得不过瘾。

是现在的戏曲发生了变化，还是我的感觉有问题？我拿不准。我的感觉也确实发生了变化，比如说楚剧，我以前嫌它土，我现在嫌它不土，土得不够。这个"悲迓"腔，以前觉得它像号丧，不屑于听。现在这个"悲迓"腔不出来，我就觉得不是楚剧，我觉得你演了半天，还搞不清楚这是什么戏，没有剧种独特的面貌。关啸彬的"悲迓"唱得好，我现在就很钦佩这些艺人，他们能把湖北妇女，黄孝地区妇女的哭泣唱出来。把黄孝方言的哭诉变成歌唱，形成一个声腔，你说这些艺人有没有才华？你会被他们打动，觉得声腔里头有他们的智慧，他们的心血。听这个就觉得在听黄孝妇女哭诉，但又是有旋律的，可以用胡琴伴奏的，多么美妙啊。可是现在呢，特别有味道的声腔演唱比较少。我们有一个剧目，新创的，有新腔，乐队也好，演员的声音都好，但就是楚剧味不浓。戏中有一个角色，是个农村老太太，她有一段"悲迓"。在湖北剧场演出，安安静静的，很文明，只有"悲迓"一出来，全场就爆了，火一样地燃遍，鼓掌啊，"悲迓"一唱完，又完了，正襟危坐复归平静。我在现场，非常感慨。这是观众喜爱的，你满足了他们，他们才有这样的欢呼，但是这些比较少。

鄂西有一个菜叫合渣，也叫懒豆花，黄豆磨浆后不滤渣，渣和浆一起煮，这叫合渣。懒豆花呢，是说懒得滤渣，就一起煮吧。既是饭又是菜，省一道工序，很香又有营养。新鲜的萝卜缨子切碎了放在里头，煮好了再放一点辣椒油，非常美。时兴农家菜以后合渣也上了正席。有一次我在一个比较大的饭店吃，味道就变了。黄豆里头加了花生，磨出来花生油很重，很腻，萝卜缨子没有了，加了肉末，更不该的是还加了牛奶，因为是大饭店，餐厅也漂亮，端出来的菜就要精致些。可口感不对，把土菜做洋了，很失望，失去了乡土的原味。这个感觉对不对，我仍然没有把握。因为年轻人可能跟我不一样，可能他们喜欢洋一些的，他们会说这是现代一些是吧，与时俱进，他们可能愿意搁一点牛奶，搁一点肉末，各有所好。艺术也是这样，各有各的审美，口味不同。

我困惑的还有方言，我感觉地方戏的方言也说得不地道了。有的地方小剧种，老艺人方言地道，口音独特，年轻演员可能就更普通，倾向武汉话，普通话。

湖北地处长江中游，被其他省份团团包围，方言受到邻省影响。北边靠河南，襄阳地区受河南影响。鄂西靠四川陕西，受川陕影响。东边靠着湖南、江西、安徽，口音犬牙交错。丘陵山区，地理阻隔，语言差别很大，五里不同音。你看河北河南，一马平川的大平原，口音差别不大。可是湖北就不行。武汉和大冶紧挨着，武汉人就听不懂大冶话。什么原因呢？因为大冶与武汉属于两个方言区。武汉是西南官话，西南方言区，大冶是赣方言区，两个方言区不兼容。宜昌离武汉很远，中间还隔着江汉平原，却都是西南方言区，武汉人就好懂，一个方言区的。你到赣方言区的阳新、崇阳、通城，你听它的地方戏，和楚剧，和荆州花鼓戏差别就非常大。赣方言还有上古之音，你是四声它是五声六声，很特别，如果在它这个地方戏里头突然冒出一个武汉音，武汉的口音吐字，或者一个普通话的吐字，你就会像咬了一块石子儿，咯噔一下子特别难受。下面的剧团到省里参加汇演，我就说拜托了，请你们说你们的方言，不要说武汉话。他们说武汉人听不懂。我说你打字幕啊，外国戏打字幕我们都能懂，你的方言我还不懂吗？当时我做这个工作，遇到方言问题，我不大敢坚持，因为我不是搞戏曲的，我只是做这个工作的干部，只是一个观众，以我的耳朵听，我感觉地方戏必须说方言，而且要地道。

问题搁在心里，平时就留意，在潜江看到了《王瞎子闹店》。这是荆州花鼓戏的一个喜剧，就不说故事了啊。主角叫王瞎子，他算命，他说算命没有巧，就是嘴皮子好。怎么练这个嘴皮子呢？就是数数。这个戏里头就有一段数数1234567，7654321，翻过来覆过去，就这么数，是一段口舌技巧。观众特别喜欢看，好演员就像蹦豆子，数得飞快，又快又清楚。我在地方戏汇演开幕式晚会上，把那个演员请来就演这一段，让他数数，数到后来，观众就鼓掌。这个戏让我注意的是什么呢？哎，我发现天沔人怎么都喜欢数数啊。你看王瞎子要数数，天沔有一个民歌《数蛤蟆》也有数数，一个蛤蟆，两个蛤蟆。还有一个荆州花鼓戏《十二月等郎》，也有数数，他数这个鱼儿，一条两条三条。都是荆州地区的，花鼓戏和民歌，怎么都有数数啊。就琢磨，我发现天沔方言数数很好听，这是方言的音乐性，天沔人大概也发现了，所以说呀唱啊都有数数。

我自己在家里数数，对比，先用天沔话，一呀二呀三哪，三哪二呀一呀，一呀二呀三哪四呀五呀楼（六）啊七呀。哎，起起落落，韵律节奏真是好玩。再用武汉话数，一呀二呀三哪，三哪二呀一呀，不行，没有天沔话好玩，它是平的。再用普通话数，一呀二呀三哪，不行不行，更不行了，一点也不好听。这就说明天沔方言在数数上，它的音乐性很强，跟武汉话不一样。所以天沔的花鼓戏、民歌，不约而同地都选择了数数。每种方言都有音乐性，武汉话也有音乐性，"长江的水清悠悠，我们的爱情才开头，你是我的心，你是我的肝，你是我生命的四分之三。"你听武汉话这个韵律和节奏也很漂亮，它有它的音乐性。还有《洪湖赤卫队》，小时候看的是湖北话唱的，"四去（处）野鸭活（和）和菱藕""盆（彭）霸天核（黑）心狼""娘锁（说）过那二十漏（六）年前"，很有味道，你用普通话唱我听着就别扭。

中央音乐学院有个教授到武汉来，他是作曲家，曾在意大利做过访问学者。我就问他，你是研究歌剧的，我问一个歌剧问题，为什么《洪湖赤卫队》我要听湖北话的，为什么用普通话唱我听着别扭？他反问道：为什么我们唱意大利歌剧要学意大利语，唱法国歌剧要学法语？《洪湖赤卫队》就是用湖北话写的，这就是语言和音乐的关系。我恍然大悟。

我又读到武汉音乐学院杨匡民教授的文章，他怎么说呢？他把湖北方言分了五个区，鄂东北、鄂东南、鄂西北、鄂西南，然后是鄂中。五个方言区是五种不同的方言，边缘有交叉，但在方言区的中心，语言的个性特点是非常鲜明的。他说："用方言演唱的民歌，具有依字行腔的规律，即唱腔曲调必须与唱词的字音、字调相吻合。"唱词的字音字调就是方言！醍醐灌顶茅塞顿开，这也就是地方戏的规律。怎么能不说方言呢？

我自信了，他们给了我理论的支撑。杨教授这个研究成果是八十年代初期发表的，五六十年代就开始研究，可是，三十年后我们还在争论，很多人居然还不知道，有的专业人士还不知道杨老师这个成果，这是怎么回事呢？好像是个新问题，说不说方言还要争论。是什么阻断了前辈成果的传承，阻断了我们的认知？

说到前辈的成果，我想说一说这本书，《中国戏曲曲艺词典》，上海辞书出版社出的。这个词典启动于1960年，得到了全国戏曲研究单位包括我们湖北省戏曲工作室的支持。"文化大革命"爆发，工作中断。十年后重新捡起来，原稿已经部分散失。只有请全国的戏曲研究者再来帮助，在人员变动人手不足的情况下重新组稿，1981年10月出版。三十多年过去，不知道现在是不是有新版，或是有增订，或者其他出版社也有出版。不管有没有，这一本都是基础性开创性的，许多资料都是前辈学者调查访问研究得来的，主要供稿单位有咱们湖北省戏曲工作室，就是现在的湖北省戏曲艺术研究院，还有咱们湖北省群众文化馆。就是说，这里有我们湖北专家的心血和劳动。

条目文字简短，涉及内容却非常深广，需要的资料很多，每一个剧种都要介绍流行区域、演出方式、声腔内容、伴奏器乐、主要剧目。伴奏，为什么是大筒子？又为什么是小筒子？它们有什么不同？要弄清每一个细节，不仅要查资料找证据，还要做田野调查，到病床边访问老艺人，口述实录。六十年代至八十年代他们访问过的艺人，如今已然作古。走一人绝一技，带走了历史的血肉和细节，无法再生，无法知晓。

我们省戏曲工作室有两个研究员，一个叫王俊，一个叫方光诚。为了调查湖北戏曲的源流，足迹遍及全国二十多个省区，穿着棉衣出发，脱成单衣返回，一去就是半年。仅是为考证京剧老生泰斗余三胜的籍贯，到底是湖北人还是安徽人，他们就三下罗田。王俊老师和方光诚老师到罗田去调查，三下罗田三上大别山。那个时候没有村村通，没有高速公路，从武汉到罗田要走一天，到了县城住下第二天再下去，一下去就不回来，就在那个大别山里转。姓余的该有多少啊，大余塆小余塆上余塆下余塆，到底是哪个塆子？一个塆子到另一个塆子，又要翻好多山。两个老师沿着蛛丝马迹跟踪追击，去了三次，还换了向导，最后把余氏宗谱拿到。王俊老师是个女同志，当时已经六十岁了，拿到宗谱的时候她手都是抖的。花了那么大工夫，写了论文，费了那么多心血，在这里面就几个字啊，五个字："湖北罗田人"。

这事儿就这么重要吗？是的，因为在中国大百科全书1983年版上，余三胜籍贯处有个括号：一说安徽怀宁人。这个重要不重要？重要。为什么重要？他是京剧史上的重要人物，他的籍贯与一个剧种的源流发展和成型有关。我到余三胜的家乡去，跟那个塆子余姓人交谈，我都想笑，他们的话就好像京剧韵白。余三胜把口音带出去了。罗田走出了余三胜，他的孙子就是把京剧老生引向全盛的余叔岩。出道就头角峥嵘，号称小小余三胜，后拜到谭鑫培门下，这又是一个湖北人，其父谭志道是武昌江夏走出来的。还有崇阳的米应先，也是唱老生的湖北艺人，一代代的湖北艺人，带着汉腔汉调进了北京，把他们的声音留在了京剧中，造就出一个京剧的音韵体系，湖广音中州韵，成为普遍遵循的梨园家法。这个不是我说的，我是看词典上的介绍，他就这么重要。湖广音中州韵，这里头就有湖北走出去的艺人的贡献。

我去罗田，把王俊老师和方光诚老师去过的地方走了走。返回镇上，这个镇叫九资河，余三胜是九资河山上的人，下山就到九资河镇。我就讲王俊老师和方光诚老师的故事，我说他们真了不起啊，当年到这个地方来多难哪。镇长很年轻，听了这故事以后说，我要把这里的工作做好，向前辈学习。后来再去九资河，这里已经是一个风景区了，有了三胜中学，三胜广场。沿着广场设置了一个个文化石，上面刻着京剧行当介绍，什么是老生，什么是青衣，广场中间有一座余三胜塑像，下面是梅葆玖的题字：京剧鼻祖余三胜。那个年轻镇长到北京去求字，听说梅先生不愿意别人打搅，他很忐忑，战战兢兢的。不料一说罗田来的，梅先生非常热情，说余三胜家乡人来了，请进请进，就给题了字。这是梅葆玖先生逝世前半年的事情。不久梅先生就逝世了，所以这个字也非常珍贵。现在罗田九资河余三胜塑像基座上就是这个题字。

每一个文化成果都来之不易，凝聚着一代代人、有名的无名的前辈的劳动，我们是在享他们的福。知道了他们就知道了自己的局限和浅薄，就要多一些敬畏和自知之明。我觉得这本书，就是作为知识性的读物看一看，也非常有意思。

最后呢，又回到看戏的问题上去。怎样看戏曲，怎样了解戏曲，我个人的体会是：多看戏，看好戏，看经典。

戏曲使用的是程式语言，声腔和动作都是程式化的，它不是写实的，有很高的抽象度，对于孩子，对于年轻人，接受起来可能有个过程。一出好戏好在哪里，如何分辨高下优劣？你可以通过讲课去引导。但是有形的东西好讲，无形的东西不好讲。翻跟头，翻得很高，这个好讲，但是一个人的神韵，他的内心情感的外化，这些无形的东西，你怎么讲，只能靠你去体会，去感受。你怎么得到这些体会和感受呢？就是看，多看。

我早年看戏有两个场所，一个是我们湖北省戏曲学校的排演场，就在彭刘杨路，现在已经没有了，拆掉了，那是他们的排演场。黄振校长有一个主张，就是要把学生都赶到舞台上去，哪怕是跑龙套你都要上台，你要见观众，要在实践中培养。我们单位就是省话剧团，就在彭刘杨路旁边，我也是个孩子，孩子看孩子的戏，我几乎每个星期都去，没事就去看。当时我就知道朱世慧，他还是个小孩子，我也是个小孩子，在台下看他好玩得不得了。张君秋到武汉来演出，黄校长就请张君秋先生给孩子们教戏。他就教了一出《望江亭》。那个青衣叫王明仙，才十六岁，就是一个大青衣的范儿。衙内就是朱世慧，人小，袍子太长，打个扁穿在身上晃当当的，他演得非常好，当时在舞台上就是光芒四射。那个大青衣唱得好，可惜这孩子"文革"中结束了生命。如果还在的话，她会是一个非常优秀的艺术家，十六岁的时候就令人非常震撼。这是在戏校看的，还在教室里也看过。

另外一个地方也给我了很好的戏曲教育。那个时候没有说戏曲进校园，可戏曲已经进了校园，那就是武汉大学的小操场。那是个露天电影场，银幕挂在中间，我们带着小板凳，两边看，正面坐满了就坐反面。每周放一次，寒暑假放两次，周三增加一次。除了故事片，还有戏曲片，新闻片、科教片、译制片什么的都放，内容很丰富。跑片子的先到水利学院，然后到武汉大学，再到测绘学院。

我们可以看到国内电影所有首轮片，所有五十年代到六十年代拍摄的戏曲片都可以看到。我觉得我怎么这么有福气呀？如果不是戏曲电影的话，那些好戏我都看不到。有一次参加座谈会，为了准备发言，我认真回忆了小时候看过的戏曲片，拉了个单子，这就大吃一惊。我把这个单子给戏曲界的朋友看，他们也说，哎哟，看不出来，你看的都还是最好的戏呀。我报一报啊：

1954 年，越剧《梁山伯与祝英台》，导演是大艺术家桑弧。

1955 年，京剧《洛神》，导演是吴祖光，著名剧作家，也是大艺术家。《洛神》我不懂，在武大那个坡上睡着了，滚下去，大人把我抓住了，但是记忆中有，知道是梅兰芳演的。

1955 年，晋剧《打金枝》，导演刘国权，《女跳水队员》《青松岭》都是他的作品。

1955 年，黄梅戏《天仙配》，导演是石挥，优秀的话剧电影艺术家，他在自导的《我这一辈子》，演一个老警察，是电影史上的经典。拍《天仙配》的时候他说，他非常喜欢戏曲。这些一流的艺术家都非常喜欢戏曲是我没想到的。想到自己瞧不起戏曲，觉得戏曲俗，真是太浅薄，太幼稚了。

1956 年，《宋世杰》，周信芳的名作。

1956 年，《葛麻》，楚剧熊剑啸的代表作，1952 年第一届全国戏曲会演的获奖作品。导演是著名艺术家崔嵬。

1956 年，《周信芳舞台生涯四十年》，里面两个戏，《跑城》和《坐楼杀惜》，都是周信芳的代表作。

1956 年，《花木兰》，豫剧常香玉的名作。

1957 年，湘剧《拜月记》。

1958 年，越剧《追鱼》。

1959 年，黄梅戏《女驸马》。

1960 年，汉剧《二度梅》，陈伯华的名作，导演是著名电影演员陶金。

1960 年，湘剧《生死牌》。

1960 年，京剧《杨门女将》，导演崔嵬、陈怀皑。

1960 年，秦腔《三滴血》，曹禺先生赞誉的作品，被誉为"秦腔的十五贯，可与莎士比亚剧作媲美"。

1960 年，福建莆仙戏《团圆之后》。这个戏导演更惊人，是饰演《抓壮丁》王保长的名演员陈戈。他还扮演过《南征北战》的师长，《党的女儿》的妞妞爸，一个红军营长，都是我们这一代老观众终生难忘的形象。他竟然来导演戏曲片，也让我感慨，更显见自己的浅薄幼稚，多少年里还瞧不起戏曲。

1962 年，上党梆子《三关摆宴》，著名小说家赵树理编剧。

1962 年，锡剧《珍珠塔》。

1962 年，山东柳子戏《孙安动本》。

1962 年，越剧《红楼梦》。

现代戏也有好戏，沪剧《罗汉钱》、评剧《刘巧儿》、吕剧《李二嫂改嫁》，还有众所周知的豫剧《朝阳沟》。

这里想强调两点：第一，这许多戏既是戏曲史上经典，又是剧团日常演出的"吃饭戏"，深受观众喜爱，久演不衰。不是那种大投入大制作，不方便演出，获奖后就被束之高阁的所谓"精品"。第二，拍摄这些戏曲影片的导演，都是当时中国一流的电影艺术家，电影是外来的，也是"洋"的。但这些"洋"艺术家却热爱自己民族的艺术，热爱戏曲，尊重戏曲，也懂得戏曲，拍摄时也投入了自己的智慧和创造，并把它们很好地记录下来。

艺术不是说教，不能强迫人家看，艺术只能用自己的魅力去吸引人。要让人们喜欢戏曲，就要让人们看好戏，唱戏歌，把戏曲和流行歌曲混搭，都是积极的尝试，都是好心，但是我觉得最根本的还是要让大家欣赏经过历史检验的久演不衰的优秀的传统戏。

就跟看文物一样，你直接去看那个真文物，你不要看赝品，真文物看多了，你就有了分辨力，就擦亮了眼睛，训练了你的思维，提高了你的鉴赏力。刚才提到莆仙戏《团圆之后》，你想想福建话有多难懂，武汉人听起来简直就像外国话。还是个大悲剧，内容非常复杂，思想特别深刻，说的是家庭婚姻方面的内容。我当时才十二岁，就是这么难懂的一个戏，我居然看得泪流满面，久久不能自拔，我太伤心了，怎么这么悲惨呢？我说不出道理来，就是为剧中人痛苦，太可怜太不幸了。一直到现在我都敬佩这个戏。剧本是根据一个传统剧目改编的，福建戏曲界的朋友说，《团圆之后》的剧作家陈仁鉴是他们的一面旗帜，影响了许多后来人。可是我十二岁的时候，你跟我讲，你要反封建，万恶的旧社会吃人，我是不会听的。你把这个戏给我看，我一直到现在都不能忘怀，它会影响你的心灵，潜移默化，这就是一个经典好戏的力量。刚才我报了这么多好戏，这些就是给我垫底子的那碗酒啊。我虽然没有做戏曲，我虽然对戏曲有过偏见，但是一旦我成年了，懂事了，我就知道什么是好东西。

这些教科书级的作品，流传几百年，经过历史的淘洗遴选，反复地改编整理，积累了一代代人的智慧和心血，成为我们今天所说的经典。这些经典其实也是一代代人的创新，他们的创新好不好，不是他们自吹的，是经过历史检验，经过一代代观众检验的，流传至今就是对他们的创新的最大肯定。

如果要看戏曲，请多看经典作品，不仅可以获得审美快感，还可以观照当下，受到诸多启迪。经典所表达的精神是永恒的，经典常新。

似画非画，摄影家的镜头在跨界

杨发维

眼下，一些摄影师的作品似画非画，国画、油画、版画，一应皆有，且呈大受欢迎之势。

有着几千年历史的绘画，不论是写实的油画，还是创意抒情的中国画，早已成为人们审美的重要载体，也是视觉艺术的典型代表。诞生不到 200 年的摄影，首先跟绘画学习，不论是拍摄人像还是风光，无不打下深深的绘画烙印。尤其是风光摄影，国画大写意、大抒情的艺术风格对拍摄山水风光的创作影响很大。在多元文化并存的今天，人们的视野和出发点大为改变，最近 10 年，越来越多摄影师在风光摄影这一范畴中探索摄影与中国传统文化、与潜伏于中国人文化血脉中山水情怀的关联，探索一种新的画意摄影流派。

一、画意摄影需要创新的思维

画意摄影的核心，是寻求与中国传统文化的对接，吸取中国山水画卷的营养，引入美学和哲学的观看，借助现代数码技术，打破复制山水的写真，大量注入人的思考要素，重组线条、色彩和光影的摄影语言，创作出属于摄

93

影家独有的自然新景观。

这种新的摄影创作，是一场痛苦与快乐相生相伴的审美旅行，眼中之景，所见之情，取舍全凭内心的指引。

庄子曰，"天地有大美而不言"。美无处不在，与你遥遥相对时，默而无语，无声召唤你的内心。从平凡中发现美的过程是痛苦的，但把美凝聚成瞬间是快乐的，按下快门的过程，可以说是自己真情实感的瞬间释放。

屈原漫游天地而得九歌，欲有所得，必与天地相交接，用心对话自然。在摄影创作中，镜头面对和取舍的皆是自然界实景，是看得见摸得着的具象场景，按下快门即可得照片。但作为艺术作品，多是排斥直接，崇尚意境，由具象到意象，意味着由照片到作品的升华，这矛盾的两个方面，一直是众多摄影人需要解决的难题，也阻止着许多摄影人前行的脚步。

任何艺术都离不开文化，文化是一个民族之根。有着数千年历史的中国画，在内容和艺术创作上，体现了古人对自然、社会及与之相关联的政治、哲学、宗教、道德、文艺等方面的认识，我们传统的风光照片取材自然实景，而中国画排斥自然主义的逼真描绘，笔下的山水人物，皆出自内心，摄影与绘画，一个是具象，一个是意象，一个是自然存在，一个是注入了情感内涵的载体。具象的实景，人也好，物也罢，并非孤立地存在于世，人与环境，景与景，相互间可以组合出不同的视觉效果，特别是在光线和色彩的作用下，可滋生出超越原来个体具象的不同组合体。这种组合出的新景观，往往呈现出物非物的观看效果，将人们常见的具象实物，构建成带有指向性的意象符号，实现由具象到意象的逆转，这种带着情感的新影像，如吻合摄影人内心渴望的表达，凝聚成像，即成作品。

《白石老人自述》中有一句话："一笑前朝诸巨手，平铺细抹死工夫。胸中山水奇天下，删去临摹手一双。"拍摄过程，我们若是直接复制，眼中只有具象，犹如绘画的临摹，那是匠工，非创作也。

神似论不仅是中国绘画艺术的优良传统，也是民族审美观的精华。中国的绘画艺术以线造型，大胆概括提炼；讲究虚实相生，形成了一系列独特的艺术手法，比如舍弃背景、留有空白、单线勾勒、水墨写意等等，都使得艺术更加纯美精粹。

若从外在呈现形式上，摄影表现也不难，难就难在内心的思想和情感，画中山水，绝不仅仅是自然山水的如实写照，而是"搜尽奇峰打草稿"，经过心灵的孕育升华，再创造第二自然。摄影借助现代数码技术，不拘泥于焦点透视，不受明暗光影的干扰，也可以随心所欲地调遣山川木石，重新组合。可以凌空俯视层峦叠嶂，也可以从一草一叶中品味出诗意，抒发感情。正如作画不是机械地状物，而在于传情达意一样。

当然，客观上我们不可能照搬绘画创作的手段，但摄影对画意的追求，丝毫不妨碍我们主观的舒展，关键是走出机械复制，走出传统的写真，由写真向写意转型，大胆融入自我情感，思想有了，眼里自然会有，机械的相机也定会变得能思考。郑板桥在一则题画中讲到"胸中之竹，并不是眼中之竹""手中之竹，又不是胸中之竹也"，这就是艺术的真实不同于生活的真实的道理。

似画非画，摄影人如何在跨界中既有创新，又能保摄影本色。几年尝试摸索，我略有所得。尝试画面大留白，给人想象空间；探索清晰与模糊交错，虚虚实实；借助PS后期技术，以中国画淡雅之画风来统领照片，把平静的山水实景，升华到方寸之间，让立体的自然画卷，变为可视永恒的瞬间。纵情山水，不照搬山水，在具象与意象间，对话自然，心随景动，借景抒怀，如此一来，镜头里的山不再是山，水不再是水，绘就似景非景的画卷，可谓一草一木皆有情，一树一花一世界。

艺术路上，探寻一种新的张扬是痛苦的，把照片拍清楚难，由清楚到意化更难。或写意，或写实，种种可能，皆可达彼岸，在内心的指引下，迎接一个个的新生。

以山水风光为例，中国山水画有着独特的语言，从现实的场景中抽离出来又重新组织，是一种精神上的再现。画山水不仅仅在歌颂大自然，更多是精神上的寄托，创作者要表达一种空灵和出世的感觉，希望远离喧嚣和政治，追求精神上跟山水共呼吸的感觉。

二、画意摄影不是简单临摹传统绘画，其中包含哲学和美学的思考

表面模仿是艺术的大忌，画面的外在呈现只是一种形式，我们拍的山水风光，看上去像是山水画，但毕竟不是画，不仅仅是呈现的介质不一，关键是形成路径的差异，一个是机械生产，一个是内心流露，最大的区别是思想。摄影习惯了外表的构建，往往少有用心去注入深刻的内涵，少了美学的观看和哲学的思考。

二十世纪美国摄影界有位叫安塞尔·亚当斯的摄影大师有句很经典的话："我们不只是用相机拍照，我们带到摄影中去的是所有我们读过的书，看过的电影，听过的音乐，爱过的人。"

从哲学角度看，摄影活动以及摄影过程本质上体现的是人们看待宇宙时空和社会生活环境的世界观、人生观、价值观以及体现人们思维活动规律的方法论。一切伟大的艺术之所以伟大，就是因为它们以自己的方式体现了某种哲学思想。歌德说过，人所能达到的最高境地，就是他明确地意识到他自己的信念和思想，认识到自己并且由此开始也深切地认识到别人的思想感情。

看上去都是一些理论的话语，但沁入到我们的摄影实践，会起到润物无

声的作用，让我们的拍摄有了定海神针。

摄影，看似是简单地按快门，但按快门前的思索，包含着许多审美的要素，画家陈迪和说："中国画的创新和发展要立足于传统文化。中国画从来不着力于物象表面形态的模仿，即不拘泥物象在人眼中的模样，而是归纳出物象的外形特征以及内在的性质特点，采用最简单的毛笔点线结构形式，按规律进行勾勒和描绘。虽然是一种绘画艺术形式，但更多是一种文化和修养。"也就是说，好的中国画作品，与作者对传统文化的认识和积淀，以及个人的修养有着密不可分的关系。

绘画如此，摄影当学之。摄影艺术这一百多年来，一直在自觉和不自觉中与中华传统文化寻求对接，在构建形象过程中，也一直以传统文化的信息量来评判，如摄影形式美的"对称与均衡、调和与对比"法则与中国儒家美学的"中和"实为异曲同工。画面中各个元素的相互呼应，有对照、有对比，除了图形样式的平衡之外，还包括光线和色彩的平衡，画面的视觉均衡。"中庸之道"是中不偏，庸不易，是不偏不倚，折中调和的平衡智慧。这也真是儒家"中和"美学的"求同存异，和而不同"的理念。

我们常常说作品要有意境，"意境"是中华传统文化中客观物象与主观情思的融合统一，"意"是内在的思想情感，是主导；"境"是外在的客观物象，是基础，是通过作品将现实景物与其所表达的思想情感融为一体而形成的艺术境界。摄影作品的内涵和本质，是摄影师面对现实景物后的有感而发，是作者主观意念的表达。

在传统文化中，孔子的"文质彬彬"思想是和谐审美的重要内容。在摄影作品中，"文"指作品的图形样式、色彩、光线等外在艺术表现形式；"质"指作品的内在理论与内涵等本质内容。因此，在摄影的创作中，太过于强调外在形式的画面构图和色彩光线，就会相应减弱摄影作品自身所应该具有的主题思想的表达，致使作品外在的"文"与内在的"质"失去平衡，摄影的目的在于摄影作品所包含的社会价值、文化价值、艺术价值等综合性的思考。

三、时代呼唤摄影的突破，画意影像担起传承中华文化重任

中华传统文化博大精深，五千年文明造就了如今的礼仪之邦。当今社会，开放包容，中西文化，各展魅力，纪实摄影，已难让庞大的摄影群体抒情达意，纯粹的技术技巧，也难当艺术崛起重任，借助照相机抒发内心情感，成了众多摄影人的追求，一种新的画意摄影流派，应运而生。

任何艺术都离不开文化，文化是一个民族之根，眼下号称摄影时代，摄影群体达数亿之多，我们的镜头每天都在记录万千世界的点点滴滴，专业摄影人士，大多关注着我们社会的变迁，关注着人的生存状态，关注着人与自然的关系，这都是使命担当，但摄影仅仅有这些仍然不够，我们对先祖文化的传承，义不容辞。

四、现代数码技巧为画意摄影提供强大可能

我们在观看一幅幅山水风光照片时，往往脱口而出："拍得真好，像画一样。"有的是借助数码后期处理而成，由此可见，现代数码技巧为画意摄影提供强大可能。当摄影形式不再是复制，而对现实中每一根线条、每一块色块、每一个空间的腾转挪移，就成为创作实践中摄影师的主要用功之处，艺术创作的精神体验也在此中渐趋显现。

纵观中华文化长河，琴棋书画、诗词歌赋，无不历史悠久，并在传承中不断发扬光大。早期的摄影只是一种用科技成果将客观事物的影像固定并保存下来的实用性技术。随着科学技术的发展，小型、精密的照相机被制作出来，直到快速感光材料的出现，摄影才找到了自己独特的艺术语言。即便如此，在世人的认知里，只有手工出品的才是艺术，而摄影借助机械生产，只能称之为产品，摄影这棵进入艺术之林的幼苗，一直得不到阳光温暖，全靠摄影人一代又一代不断努力，不断给机械的产品注入人的要素，增强其艺术含量。20世纪30年代，摄影终于发展成为一门独立的艺术，摄影人开始研究如何按照美的规律从事摄影艺术创作，以及创作主体、客体、本体、受体之间的关系和交互作用。也就在此时，中国人郎静山，以中国山水画为蓝本，取材于自然山水，经过后期合成，拼接出似山非山的自然画卷，大大提高了中国摄影在世界摄影中的地位。

　　郎静山这些作品的最大特点，是根植于中国传统文化，借助有几千年历史的中国山水写意画，以自己的独到构思，将自然中此一地、彼一地的山川河流，通过人工的技法，在暗室通过多次曝光重组，创作出源于生活，高于生活的影像。他的成功，首先是有文化的根基，其次，他让作品超出照相机简单的复制，在暗房里，注入了人工创作的许多要素，打破了摄影真实复制的铁律，走出一条来源于生活，但要高于生活，超越生活真实的艺术之路。

　　读懂自己，细心倾听源自内心的审美诉求，调动绘画语言的表现功能，充分发挥绘画语言在记录心绪、传达情感中的根本作用，使构图、造型、笔墨、色彩等元素更加趋近精神体验，更加趋近心灵的需求，以此建立个性化的审美立场，实现艺术抚慰心灵的功能意义。

　　中国五千年文化太丰富，太深奥。作为当下的我们，更应该注重传统文化的内涵，作为摄影师，要在继承传统中创新。

艺术创作和参加全国美展的感受

李乃蔚

在我艺术创作的经历中，学习中国画的创作形式应是按从线描（连环画、插图）到工笔再到水墨的顺序。从 1975 年，我 17 岁第一次发表连环画作品至今已有 40 多年了，在这么长的创作实践中，自己也在不断学习探索中国画的表现技法、样式与创作规律，我创作的连环画、工笔画、水墨画先后参加了各种国家级和地方举办的美术作品展，也获了一些奖项。

参加全国性美术展览，对作品的创作题材、表现形式、作者独立的绘画语言和风格样式等要求比较高。以中国画画种为例，湖北籍的在京评委比较少，甚至没有，许多湖北的参展作品能够入选或获奖靠的就是作品本身。在这里，我可以更正有些人对全国美展"获奖靠关系"的一些片面的说法。

当然，要说完全没有关系大家不会相信，但百分之百靠关系也不是正确的。1993 年，我的工笔画作品——《驿》参加首届全国中国画展，这件作品在当时并没有获奖。1997 年，工笔画作品——《山菊》通过省美术家协会挑选后报送全国展区进行筛选，经过层层评审入选国展，最终获得了首届全国中国画人物画展银奖（最高奖）。直到多年以后，才听到艺术界的朋友讲：当时的评委主任看到我的作品后说了一番话——这件作品比较好地运用传统技法表现出了农村人现在的生活面貌，画得一点也不夸张，很自然。这位专家很认可这件作品，所以作品本身的艺术质量很重要。

我个人对全国美展是怀着感激之情的，全国美展有一个很大的优势：一般情况下，入选作品都是在北京展出，到展厅看作品的人群主要来自全国各地的专业画家、理论家以及美术爱好者。因为看展览的基本上都是内行，展出作品会得到各种评价。在这个过程中，作品就会被无形地宣传出去，这不同于个人宣传，也非个人炒作，这个力度是举办个展或借用电视台等媒体宣传所达不到的。

进入全国美展的作品，尤其是现阶段的每一届全国美术作品展览，都会经过市级、省级以及国家级的层层筛选。到了全国评审的层面，评审组委会在收到作品评审稿后，第一步会把不符合展览主题及艺术高度未达到的作品筛掉，让剩下的参评作品入围；第二步从入围作品中挑选出优秀奖作品；第三步先挑选铜奖作品，然后是银奖、金奖，如此一步步递进，可以用"千军万马过独木桥"来形容全国美展的竞争。

现在，中国美术家协会对评委的要求也是越来越高，它对评委们的责任心和专业性要求非常高。评委专家除了要具有较高的艺术造诣之外，更要有公正心和艺术良知。所以说，大家如果有好的作品尽量往全国展送，能参加一次全国美术作品展对个人来说是一次非常大的收获，对我们湖北省的地域文化传播也是功不可没的。这是我个人的看法。

下面讲讲我的心得：

第一，了解不同全国性美术展览的相关主题和要求。

现在的展览比十几年前丰富多了，当时只有全国美术作品展。现在除了五年一届的届展外，还有全国美协相关艺委会推出的二级展览以及金陵百家和全国青年美展等，这些都是国家认可的展览。每个展览都有自己的主题，不同主题对作品的要求不一样，例如，欢腾草原、西部印象等等。大家在创作投稿前一定要了解一下。

第二，体验生活，让创作素材与自己的生活经验相结合。

艺术家们生活在不同的地域，要进行主题创作必须要到当地去收集素材，而收集到的素材要结合自己的经验积累才能为创作所使用。

最理想的收集素材的方式是到创作地域进行长时间驻扎，与当地人民同吃同住，这样才能根据自己的创作需要对相关素材进行收集。然而现在随着生活节奏的加快，创作者很难在采风地长时间驻扎，基本上以"走马观花式"的采风为主。在采风地收集素材是一个体验过程，回程后艺术家要对所收集到的作品进行艺术加工，把材料进行分析、梳理。随着科技的进步，用数码相机或手机来收集素材变得非常普遍，我个人不反对用数码产品进行素材收集。

我刚调入画院时，到清江流域采风，适逢隔河岩水库正在进行蓄水。当地文化部门的同志带领我们几位画家进山采风，当时山区老百姓的生活状态、劳作状态以及当地的自然环境深深打动了我。背篓是当地百姓主要的载重运输工具，在山路上遇到了一位背背篓的老年妇女，征得她的同意后拍了几张照片，回程整理图片素材时我从中读到了山民们的淳朴。后来我以这个背篓的图片素材为背景创作了工笔人物画作品《山菊》，创作画面主人公时我对画面中的人物进行了时间追溯，塑造的是这位老人家年轻时的形象。取名为"山菊"，也是因为当时山上成片的野山菊花给我的印象非常深刻。所以在创作时我把"背篓""山菊花""淳朴女孩"的形象结合在一起。这件作品获首届全国中国画人物画展银奖（最高奖）。

还有一幅作品是《银锁》，这幅作品也是在这次到清江地区收集素材的基础上进行创作的，画面的背景取材于当地的吊脚楼。大家能注意到画面人物身上戴着一个银锁饰品，我是借用银锁来表达大山里的年轻人对外界新生活强烈的求知欲，体现画面人物对未来生活的向往和期盼。这件作品获第九届湖北省美展金奖、第九届全国美展银奖。

第九届全国美展分别到日本、韩国等国进行了巡展。随团外出的艺术家带回了在日本展览的海报，我的作品被用作此次巡展的海报。后来听画家朋友跟我讲，当时带队的美协领导对我的作品评价比较高，这张作品当时在日本也引起了轰动效应，日本业内人士不相信中国画竟能画得如此生动和细致，他们认为中国画使用的传统材料不适合画这类精细的作品，只适合用作画大写意。有的研究者甚至用手指对作品进行触摸，他们甚至认为这是一幅丙烯画。

据了解，中国美协的领导认为，中国画作为一个古老的画种，发展到今天还在进步，还在不停地演进，它并不保守，我觉得这是我们国家美术界在共同探讨的问题。这次巡展对我个人的艺术影响力提升很大。

到现在为止，我的所有中国画作品都用的地道中国画材料，毛笔、宣纸、传统中国画颜料、墨以及胶矾；技法也属于传统的工笔画创作技法——"三矾九染"，当然我渲染的次数远远大于三和九的数字概念。

第三，作品的创作主题选择和表现手法的定位。

主题性绘画一定要有明确的主题，画家选了创作主题之后，都要考虑并对表现手法进行定位，这个适用于所有画种。个人认为，能参加国展并展出的作品基本上都是主题性创作，是绘画主题明确且绘画语言成熟的作品，探索性的作品一般不被选入国展展出。刚才我提到的借鉴和参考是指可以跨画种进行参考，但它不等于临摹，更不是照搬照抄过来的。

第四，作品的取向要和自己的艺术追求相结合。

第五，主题性绘画在创作的过程中要将主观意识和对历代优秀作品的借鉴相结合。

例如《韩熙载夜宴图》和《清明上河图》这两件国宝级作品，当年在上海展出时我有幸看到了原作，印象非常深刻。由于是国宝级的作品展，观看作品的人特别多，排起了长长的队伍。画摆放在玻璃柜子内，整个参观过程几乎是人推着人在走，在参观时我就发现原作跟印刷品完全不是一个概念，头发丝般的线条都是清晰可见的，这些细节印刷品是做不到的。多年前我在出版社工作过，后来我们跟同行交流得出：由于受到印刷机工作原理的限制，任何一根线条，在印刷的过程中都会有一定的放大，越粗的线条受影响越小，较细的线条却会被非常明显地"印粗"。所以，看作品一定要看原作，原作给你带来的震撼是非常强烈的，当时我几乎是把眼睛贴在玻璃柜子上观看作品，可惜的是时间太短，不允许我一个局部一个局部地进行研究。

还有一点让我印象很深刻，许多学生样子的观众在认真地观展，并不停地做笔记。在后来的聊天过程中我得知，他们是日本早稻田大学艺术系的学生。这些学生为什么能使我印象深刻呢？上午我们参观的时候这群学生在这里，下午又过来看作品，他们还在学习。学生们不停地写，不停地记，他们对名作的专注和虔诚，可能正是我们需要去学习的。到中国来看到这幅国宝级的作品，对他们来说太不容易了，他们一生很可能只有一次机会能看到这幅作品。所以我认为，咱们对传统的学习和研究，并不是简单地看一看作品、拍拍照就结束了，确实需要下功夫去钻研。

再说回主题性创作，民国时期蒋兆和先生的《流民图》，建国后董希文先生的《开国大典》、陈逸飞创作的《攻占总统府》、罗中立的《父亲》，这些都是非常好的主题性创作作品，它们非常好地表达了那个时代的特色和精神。国外荷兰画家伦勃朗的《夜巡》，这件作品原本属于一件订件作品，是伦勃朗应一批贵族的要求进行创作的，但是他没有当成一件商业化的作品进行绘制，也没有完全按照出资贵族们的要求进行绘制，而是按照自己的创作标准进行绘制，严格坚持了自己的艺术追求，后来这件作品便没有收到创作报酬。这件作品以及法国画家大卫的《拿破仑加冕式》、法国画家籍里柯的《梅杜莎之筏》、法国画家德拉克洛瓦的《自由引导人民》，这些都是非常好的主题性创作，都非常贴合大师们生活的时代。

对于咱们参加全国美术作品展，我的体会是：作为一个画家，我们还是要对作品负责。作品要以艺术追求和个人对主体的理解进行创作，拿出最好的水平去参展，能展出最好，如果不能展出就要总结经验继续进行创作。我同样也有参展未入选的经历，但是对作品的把握，我们不能轻易改变。

第六，创作中可适当听取相关有益的建议和意见。

往往最有意义的建议是同行之间在平时交流中收获的，比如：当几个年轻人在看自己的作品时，其中一人在聊天中提到"人物的头大了"或是"手有点别扭"，你就得警觉了，因为无意中提到的问题往往是最真实的想法。当然，读画者的感觉对或是不对，你还要去仔细研究。但听取别人对作品的意见或建议是非常有益的。

据了解，在北京或江浙，有些组织或是部队的创作单位，一般会在国展前的半年甚至更长的时间进行"集训"，这种集中创作会使画家们的精力更加集中。其次，他们会进行"资源优化配置"。例如，一位画家在把握主题方面做得很好，但是表现技法有些偏弱，而另一位画家恰恰擅长这种表现技法，那么他们便进行合作创作。如此一来，所创作出的作品既有了对主题的把握，又有表现的高度，就形成了双赢。几个美术大省，广东、江苏、浙江都有类似的范例。

第七，选择自己最擅长的艺术表现形式和绘画技法，以求达到完美的创作效果。

在参加全国美展的过程中，画家要集中精力去选择主题，既要选择独特的主题，又要站在评委和观众的视角进行创作。一旦进入评选环节，评委们要对几百件作品进行遴选，选中一幅作品往往就是几秒的瞬间。

我个人看展的经历是，当你观看一面展墙的作品时，一般都是一眼扫过去，只选择你喜欢的作品进行停留。有人研究得出，人类对感兴趣的物品会出现"七秒效应"，第一眼印象在很大程度上决定了你是否会仔细去观看一件作品。所以画面能在展厅里面打动观众，首先要能打动评委。可见，选择自己最擅长的形式和技法进行创作是非常必要的。

第八，作品创作中要将自己的艺术理念、个人修养、生活积淀和绘画技法等各方面因素完美地集中在一幅作品里，既要做到主题明确也要能够给观众留下想象和发挥的空间，这样才称得上是一件艺术作品，而不仅仅是一幅画。

一般情况下，每位作者只能有一件作品在国展中展出，那么这一件作品就要把你所有的精力倾注进去，这个要求是非常高的。这就回到了讲座开始时我提到的参加国展不同于办个展，后者展出的作品是一个画家在一定时间里大量创作的系列作品，观众参观时往往是一种流线性的印象；送到国展中的作品却不是这样，因为你只能展示一件作品，并且要靠这件作品去打动观众，所以说，前期的准备工作和投入创作的绘制阶段都非常重要。好的艺术作品是有标准的，一共有三个指标：一是要有技术高度，没有技术高度，肯定不是一流艺术品，如果是谁都可以达到的技术标准，那肯定是没有技术难度与高度的。二是具有独立的创造性和丰富的想象力，也就是人们常说的独创性。三是能为大众所共同欣赏，也就是拥有人类审美的共同性。一流的艺术作品应该是样式很独特，又为大家所共同希望的。它与艺术历史发展轨迹相吻合，是大家心中都想创造而创造不出的，所谓"人人心中有，人人笔下无"的作品。

咱们画家参加了许多展览，可能你们也会有体会，评委们在评选作品时只看作品的主题和效果，几乎没有时间和精力去看名字。作品少的展览上，评审活动是将作品挂在墙上进行，作品多的，评审就将作品摊在地上进行挑选。以前的作品评选方式是每位评委手上拿着编号看作品进行挑选，现在的作品评选方式跟以前相比有了非常大的变化，评委们人手一个 ipad，每人对选中的作品进行点选。如果勾选数量超过了规定名额的上限，就进入二次挑选。评委们的艺术良知和专业素养非常的高，最高领导会把有争议的作品拿出来进行重新评选，经过几次评选后，得票高的被留下，票数少的被淘汰。所以我认为，对评委们的怀疑是个人的自由。但是我的经验是，一旦进入了最高层次的评审环节，专家们的集体眼光是错不了的，今天作品不被认可，明天、后天，早晚会被认可的。

最后，参加全国美展是个人努力和机遇的结合。就以我个人为例，我拿《山菊》参加展览的那届比赛的评委中，有一些评委来自出版社或是美术杂志等单位，而我年轻时创作过许多连环画，他们有些人对我的连环画作品有些印象。据说，他们看到这幅工笔人物画时，就产生了极大的兴趣，认为应该对这个画家及其作品进行肯定。现在看来是对我极大的鼓励。后来进京参加研讨会和颁奖典礼时，听老先生们说到此事，我认为这就是个人的机遇。

以前评审作品时没有作者的详细信息，只有一个名字，根本不知道哪件作品是哪个省的。所以个人努力和机遇的结合很重要，但更重要的还是靠作品本身的说服力。

再以具体作品为例来谈谈：

作品《山菊》，获首届全国中国画人物画展银奖（最高奖）。

这幅画我用了一年的时间完成，画面人物跟真人比例是 1∶1 的大小。我一直在探索传统中国画的写真技法。写真最好的办法就是画面人物跟真人一样大，如果画得太小，则很多细节无法进行表达。这幅画我没有完全按照传统的刻画办法进行绘制，吸收了西方绘画"坦培拉"里面的一些技法，当时国展评委们也认为这幅画给人一种新颖的感觉。

作品《银锁》，获第九届湖北省美展金奖、第九届全国美展银奖。

这件作品我创作了近两年的时间，97、98 年绘制，刚好赶上 99 年的第九届全国美展。这幅作品是我创作转型期的一件重要作品，我开始有意识地对人物的肌肤纹理乃至皮下的血管进行刻画。创作这幅作品所用的方法是传统工笔画的"工笔淡彩"画法，但

工笔画《银锁》

是我把染的遍数给放大了许多倍。在北京展览时，许多画家朋友问我都用了哪些颜色来绘制人物的红裤子。我的回答是：所有的颜色都用了。朋友们表示难以置信。

这个红裤子在绘画时除了白粉没有使用之外，其他颜色都用了。我先使用胭脂分染，再用大红平罩，再用朱膘，颜色偏暖了再用花青色进行"去火"

调整，画面中每一块颜色都是复合色。就这样不停地调整、不停地绘制，直到满意为止。

工笔画《红莲》

《红莲》这幅画我用了四年的时间进行创作，这是我画得最"苦"的一幅画，足足画了四年的时间。画面人物的红色衣服便画了100多遍，且是不同的颜色进行渲染的。这幅作品是一个满幅构图，高度为250cm，宽度为190cm，人物和莲蓬、船等都是1∶1的比例，画面中表现的内容非常多。荷叶也是原大的，在设色时也是用的"淡彩"设色，我要一遍一遍地去渲染，由于宣纸在经过反复洗染之后会有"起毛"的特性，以至于有观众赞叹道：这位画家把荷叶的绒毛都画出来了！

例如这幅作品《聘》，在汉族的传统习俗中，青年男女在相亲时会有喝聘茶的习惯，第一眼是否喜欢对方都可以用手中的这碗茶传达情意。画面中人物穿的是少数民族服装，衣服是用了沥粉的技法进行刻画，这幅作品点了有上万个蛤粉点。虽然画的过程很辛苦，但是画面的最终效果确实是很厚重的。有一位学生在论文中，这样分析道：我一直以为李乃蔚先生是用油画进行中国古典题材创作，后来看到原作才知是中国工笔画，可以得出西方油画的罩染跟中国工笔画的渲染有异曲同工之妙。

相较于油画来说，中国画是二维的，我的作品也始终没有到三维，顶多算是二维半的状态。因为中国画始终摆脱不了线条，熟宣纸的优势就在于画多了之后会自然起毛，处理得当就会出现肌理的效果，大家如果有兴趣可以尝试下。

去年的第十二届美展国际巡展去的是新西兰、美国、白俄罗斯和意大

工笔画《聘》

利四个国家，我的作品《蓝花花》参加了巡展。新西兰是第一站，我作为代表团成员参加了活动。第二站是美国纽约，纽约策展人对我的作品是这样评价的：这件作品既吸收了西方绘画的一些表现样式，又完整保留了中国画的传统，最关键的是作者没有改变中国画的基本特质。

我在实际创作中得出一个经验，由于我的作品是经过几十甚至上百次的渲染，颜料已经完全透入了纸纤维当中，在装裱或揭裱过程中很少会有剥落或脱落。我在渲染过程中也会使用胶矾水，每次都会稀释得非常淡，甚至都要用舌头舔一下以辨其浓淡程度。从近几年开始，我用纯净水作为水媒进行创作，自来水中的过氧化物和杂质对纸张和画面也会有细微的影响，时间久了就会显现出来。颜料也要选用地道的块状颜料，锡管颜料坚决不能用。对材料的考究，目的就是要让作品长时间保存，至少要能保存200~300年吧。

我画画非常"费颜料"，曾经有到过我画室的朋友直接指出：你画画真是莫名其妙，颜料没有用到纸上全涮到水里去了。其实我画画用的颜色非常之淡，我是利用了颜色的透叠原理进行设色，但是期间要用胶矾水进行多次固色。

或许有人说这样过于极端，我举个例子：之前我的一幅作品在展厅内展出，有一位年纪较大的观众指出，人物的手画得不对。我上前咨询，后来得知这位老先生是业余的绘画爱好者。画写实工笔人物画不同于写意画，工笔画来不得半点模糊，所以就逼着人去认真研究、去考究完善各个方面。

在创作《红莲》时，我买了几批莲蓬，要仔细观察慢慢分析，而且在绘制的过程中要进行二维化的处理。画人物时，曾尝试让模特一直坐在那里进行写生，后来没有坚持下去，便借用了数码手段进行拍照，当然在创作中，照片也需要进行二维化处理。

在欧洲博物馆观看安格尔的作品《泉》，我贴近作品观看时并没有发现其中漂亮的色彩，当后退到一定距离观察作品时，才发现人物肌肤上有着丰富的色彩，这便是大师的高明所在。通过这次参观，我对自己的作品进行了反思和调整，作品在一定距离观看效果最好。西方的古典油画其实也使用很薄的颜色进行一遍一遍的罩染。

连环画《乌兰的歌》

　　线条对一位中国画画家来说非常重要，无论你画的是山水画、人物画还是花鸟画。这组作品是我十六岁时所画，参加了1975年的全国美展，这是我第一次参加全国美展。参展时我十七岁，正在读高中，刚要准备下放到农村进行锻炼。"文革"时期，省美工队的老师们曾对我进行专门"面试"：请我为我那一组连环画现场创作一个封面。后来才得知，这是省里美术家对当时身为高中生的我进行的一次考试。当时我现场创作了封面，做完后作品被送到北京在中国美术馆进行展览。这个展览对我的影响很大，也是促成了我一直坚持画下来的一个重要因素。

　　这个时期，我还创作过人美版的水浒连环画。前不久还在网上看到藏友们对这一辑连环画的评价信息。画那套作品时，我下了很大的功夫，当时在出版社工作，每天必须坐班八小时，只有晚上的时间画画，可能在那时就养成了喜欢熬夜的习惯。

　　有一点我要说一下，当时我们作为地方出版社单位，接到来自北京人美的创作任务都会非常严肃地去对待。其实很多有名的画家都画过连环画，后来接触时，他们仿佛对这段经历比较抵触，几乎不愿提起，这也让我感到比较奇怪。很多国画家都是从连环画家开始，后来转型创作起了中国画，现在回过头来看，这是个好事，连环画的线描和中国画的关系就像是西方绘画系统里的素描和油画。

部分线描手稿图

这些是我的练习手稿，也就是俗称的课徒稿。每天晚上没事的时候就随手勾画，这些都是随意勾画的，画到什么程度就是什么程度。我有一个感受，当你画到人手合一的时候，那种愉悦感是无法用语言来形容的。

铅笔稿，用的是线条，我们收集到的素材要转换成线描才能进行创作，这是中国画的难度所在，它需要提炼，画面中的"线"需要归纳。在中国画当中，写意画的一笔不到位，就宣告了这幅画的失败；工笔画的颜色一旦固定了基本上洗不掉，也是没有修改的余地；油画就可以用油洗掉重新再来。

当然，工笔画也不同于写意画，写意画创作速度快，画坏了可以在较短时间内重新创作一幅，工笔画却不能。曾经有一件意外使我很头疼，那是一幅创作在绢本上的历史题材作品《黄帝战蚩尤》，尺寸大概在 2 米多，创作进行到半年的时候出了意外——整幅画"炸开了"。后来找裱画师傅进行修复，装裱后的画面呈现帛画的效果，后来又用了一年的时间重新创作完成。

作品《蓝花花》获第十二届全国美术作品展获奖提名，参加天津第十二届全国美展中国画展、北京第十二届中国美术作品展暨中国美术奖·创作奖、获奖提名作品展。同时，这幅作品参加了第十二届美展的国际巡展，在意大利佛罗伦萨站展出时，意大利总统主动前往参观本次巡展的作品，反映出西方人甚至是政要领导对中国的文化发展是很关注的。

下面说一下这幅作品——《李自成进京》，尺寸为：544cm×277.5cm，这幅作品我创作了大概有 4 年的时间。这幅画的难度不在于画画的技法，而在于许多理论家和历史专家参与审阅。评选过程非常严格，专家们本着对国家和历史负责的态度明确地指出了相关问题。整体来说，第一，美术要过关；

作品《李自成进京》

第二，历史要过关；第三，整个画面的感觉要过关。

这幅画我画了两个方案，另外一个方案是取一个团块的感觉，画面下方不是群众拥簇着李自成，而是兵士羁押着明朝的官员。在审查环节，专家提出：1. 李自成要放在醒目位置，2. 对明朝官员的描绘方式不合适。历史专家是非常较真的，他们甚至能准确地指出画面中某一个器皿的错误。这幅画是小写意水墨画，相当于是在生宣纸上画工笔画。比如这块红颜色，我渲染了不下于20遍，染平和分染是交替进行的。

有的评论家指出，《李自成进京》这幅画属于彩墨画，我认为在传统意义上应该称作厅堂画，是最适合展示给大家和观众看的。这幅画在国博展出，最后由国家博物馆收藏。创作这幅作品的四年中，个人付出了许多，但是收获也不小，感谢国家给予的帮助和肯定。

大国重器　中国声音

——曾侯乙编钟的文化事业建设启示

李幼平

　　我今天的题目是"大国重器中国声音——曾侯乙编钟的文化事业建设启示",之所以讲这样一个话题,是因为编钟不仅是中国优秀传统文化的代表性器物,同时它也在我们当代社会文化建设中扮演了十分重要的角色。尤其是1978年湖北随州出土的曾侯乙编钟,在重返人间四十多年的时光中,与中国的改革开放一路同行。从文物展品到文创产品,从文旅产业到文化事业,编钟在当今社会文化建设过程中发挥了极其重要的作用。因此,我今天就选择曾侯乙编钟这个典型案例,与大家一起分享我们在曾侯乙编钟及其文化事业建设过程中的一些感受、一些体会,以及四十多年来我所见所闻、所思所想到的一些事情。

　　我们首先看一段短视频,请大家和我一起重温中华编钟的风采。

　　"编钟响起,鼓声齐鸣……"2019年10月,在武汉举行的第七届世界军人运动会闭幕式上,中华文明的魅力、长江文化的元素、荆楚艺术的风采呈现在全世界运动健儿和电视、网络观众面前。(图一)

　　展现在大家面前的首先是编钟,然后是独具楚地特色的虎座凤鸟架悬鼓,

图一　2019 年第七届世界军人运动会闭幕式《钟鸣九天》

还有体现我们武汉高山流水千古知音地域特色的古琴。可以这样说，钟、鼓、琴三种音乐元素或者说三种文化要素，相应代表了数千年中华文明的宫廷礼乐、民间俗乐和人文雅乐，构成了当今我们中国、我们湖北、我们荆楚大地具有鲜明地域特点、时代特色的文化追求。尤其是闭幕式上十分醒目的青铜编钟，它仿制于湖北随州出土的战国时期曾侯乙编钟，不仅仅只是人类古代文明的一种文化符号，更重要的是我们中国作为当今世界大国的一种形象和声音。

曾侯乙编钟 1978 年出土于湖北随州（当时叫"随县"）擂鼓墩一号墓，既是青铜时代中华礼乐文明的经典佳作，更是让世界了解中国历史、了解中华民族精神的重大考古发现与理论研究、艺术实践成果。从 1978 年到今天，曾侯乙编钟已经出土了四十多年。四十多年来，曾侯乙编钟由器到物、从物到事、由事到人、由古人到今人，经历了从理论研究到艺术展演，从博物馆的展品到我们当今社会的文创产品，从文化产业到当代社会文化事业，由传统继承到文化创新的发展过程。尤其是近几年来，它先后随习近平总书记出访埃及、亮相德国、礼迎美国总统和印度总理、奏乐世界军人运动会闭幕式，成为展现中国灿烂历史和当代社会文明的礼乐重器；成了向世界讲述精彩中国故事的重要方式，让当代人听得到的古代声音、外国人听得懂的中国声音。

曾侯乙编钟在出土以来的四十多年里，回答了"是什么""为什么""怎么样"的问题，尤其是还回答了"怎么办"等历史之谜、现实之问，体现出了我们优秀传统文化创造性转化、创新性发展的重要意义和文化价值。所以，我今天与大家的交流，就围绕这四个问题，从当代影响、历史猜想、远古回响与时代交响四个方面展开。

讲座将分为四个部分，首先是大国重器、中国声音的当代影响。其次是历史猜想：我们在追溯编钟音乐特点，尤其是揭示编钟"一钟双音"特性过程中，认识青铜编钟所承载的中华礼乐文明，发掘音乐在中华文明历史进程中所扮演的重要角色。再次，我们一起回顾"钟鸣寰宇、证正补创"的历史回响，这个"证"，是用考古史料证明了古代文献记载的历史真实；纠正的"正"，则指出土实物纠正了此前我们对传统文化的一些错误认知；"补"呢，则是补充了一些我们此前没有认识的，或者说不曾知道的，一些历史文献中没有记录的史实；"创"则指"创写"，曾侯乙编钟及一系列曾国考古发现，用当今中国的考古学研究成果，创写了一部不曾有或者说不曾有明确记录的600年姬姓诸侯曾国历史。最后一部分，是现代交响的"寰宇鸣钟、谱写华章"，主要讲编钟作为我们当今社会优秀传统文化的创造性转化和创新性发展，尤其是中国特色社会主义精神文明建设事业中所发挥的作用，产生的意义，体现的价值，以及给我们带来的启示。

一、当代影响

曾侯乙编钟出土并珍藏在我们湖北。没有到过湖北的朋友们，在此邀请您到我们湖北做客。到了我们湖北，大家一定要安排时间到我们湖北省博物馆，看看镇馆之宝，瞻仰举世瞩目的曾侯乙编钟。

到过湖北省博物馆的朋友和通过网络传媒等途径了解过曾侯乙编钟的听众都知道，曾侯乙编钟共 65 件，分三层悬挂在"L"形的钟架上。其中编钟 64 件，分别为上层的钮钟，和中下层的甬钟。此外还有一件楚国国君楚惠王在得知曾侯乙去世后，作为祭奠礼品赠送并陪葬入墓的青铜镈。

2018 年 4 月 27 日，习近平总书记在湖北省博物馆会见印度总理莫迪。总书记和印度总理莫迪一起来到我们湖北省博物馆，尤其是来到了我们湖北省博物馆所陈列的曾侯乙编钟展柜前亲切交谈。可以这样说，这是古老的东方两大文明——中华文明和印度文明的当代国家领导人的一次聚会。总书记选定在长江流域、楚文化故里的湖北会见印度总理，具有深远的文化意图。当莫迪饶有兴趣地手握钟棒敲响曾侯乙编钟复制件的时候，编钟礼乐重器的文化内涵与大国形象不言而喻。

如果说中印两国领导人的聚首是古代文明的当代对话，接下来呢，我们再看一看当今世界两大国家元首的文化交流。2017 年 10 月，我们党的十九大之后，习近平总书记在北京举行重大国事活动：总书记陪同时任美国总统特朗普缓缓步入人民大会堂，映入两国领导人眼帘，并发出悠扬中国声音的，正是我们今天讲座的主角——曾侯乙编钟。

如果我们将目光再往前推进，同样还会在一系列重大国事、国际交流活动中看到编钟的身影。

2017 年 G20 大会在德国举行，伴随国家主席习近平前往欧洲音乐圣地海顿、莫扎特、贝多芬故乡的同样是曾侯乙编钟。当古老的编钟在柏林将军宫奏响，当长袖细腰三道弯的楚宫歌舞随着钟声呈现在舞台上的时候，观众的掌声经久不息，《欧洲时报》用一整个版面以"编钟乐舞德国尽展楚风楚韵"为标题进行了报道。

下面我们再看一看编钟与世界另一大古代文明的对话，那就是中国和埃及文化的交流。2016 年 1 月 21 日，"2016 中埃文化年"开幕式在埃及卢克索神庙广场举行，随同国家主席习近平出访埃及，代表中华传统文化与古老的埃及文明进行交流的国之重器是什么呢？同样是我们湖北的编钟和钟磬礼乐。中央电视台《两大文明的对话》专题新闻报道：有着三千四百多载历史的卢克索神庙辉映着中国红，具有两千多年历史的曾侯乙编钟向世界讲述当代中国故事。中埃两大古代文明的对话，由中国编钟拉开帷幕。

如果我们把眼光再往前移，就会发现实际上编钟在当代社会中一直扮演着重要的角色。2008 年北京奥运会的颁奖音乐《金声玉振》是用我们的编钟进行演奏的；2000 年，当人类进入 21 世纪的时候，我们设计、铸造了"中华龢钟"，在千禧时刻，由当时的国家领导人敲响了新世纪的钟声。在 1997 年香港回归的时候，香港结束英国殖民统治，举国欢迎香港回归祖国怀抱、行使国家主权的时刻，奏响中国声音的国之重器，同样是我们的编钟。在 1997 年香港回归仪式上演出的交响乐《天·地·人》委约作曲家谭盾创作，由大提琴、编钟、少儿合唱团和西洋管弦乐队演奏。可以这样说，大提琴宛如一位饱经风霜的老人，讲述着近代中国屈辱的历史故事；编钟象征着中国传统文化，昭示着文化复兴的历史使命；朝气蓬勃的少儿合唱，象征着人类的发展、民族的复兴、国家的未来；而西洋管弦乐队，无疑是西方及其文化的重要的代表。大提琴、编钟、少儿合唱与西洋管弦乐队的交响，共同演绎着过去的历史、当代的思考和对未来的憧憬。

假如我们把记忆继续前移到 1984 年，在中华人民共和国成立 35 周年的时候，在中南海怀仁堂进行国庆大典表演的，同样是刚刚出土不久的曾侯乙编钟。

综上所述，毫不夸张地说，编钟在当今中国的形象十分耀眼，在当代社会文化建设事业中的地位越来越重要。2017 年 12 月，中央电视台进行"魅力中国城"竞演，在最后一轮的现场活动中，湖北随州的曾侯乙编钟又一次登上中央电视台（图二）。在听完编钟的介绍，看完钟磬礼乐的表演后，现场专家评委激动地点评："编钟用自信的中国声音讲述着中国故事，而且，这个中国声音是当代人听得见的古代声音，外国人听得懂的中国声音。"

图二　2017 年中央电视台　魅力中国城剧照

用"大国重器，中国声音"来赞誉中国编钟的当代影响，不仅仅只是一种现象表述，更有它自己深邃的文化内涵，有它自己独特的科学意义，有它自己成就远古、造就当代的历史与文化价值。

二、历史猜想

说到编钟，我们并不陌生，相信此刻电视机前的观众和网络上的听众朋友们，都可能略知一二。编钟是用青铜铸造的一种打击乐器，根据每件青铜钟的大小、厚薄、体重、音高等方面的不同，依次成列成编悬挂演奏而得名。编钟是中国青铜时代物质文明与精神文明结合的代表性产物，是人类青铜文化高度发展的文明结晶。

中国是历史悠久的文明古国，在浩如烟海的古代文献中，对宫廷礼乐重器——青铜编钟就有很多很多的文字记载，其历史至少可以追溯到两千多年前的西周时期。《周礼》是我国古代儒家经典著作，其中一个篇章叫《考工记》，专题记录了青铜钟的始作俑者、钟体每个部位的名称、尺寸比例，以及铸钟所用合金的比例等内容。实事求是地说，我们今天津津乐道的"大国重器，中国声音"，其实在两千多年前的青铜时代，就是当时社会贵族阶层必备的"流行"的打击乐器，是中国历史上曾经具有深厚的社会基础，有着丰富的历史记录的宫廷礼乐重器。

请大家跟我一起看看编钟及其各部位的名称。这就是学者们根据

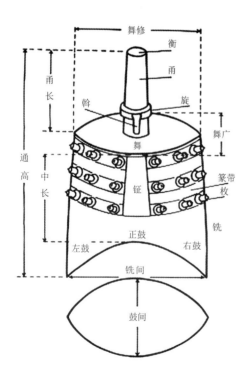

图三　甬钟线图及各部位名称

122

《考工记》和其他相关文献记载，标注的钟体部位名称（图三）。

大家知道，宋代是中国历史上雅乐复兴、传统文化高度发达的时期，也是传统金石学得以产生的历史时期。宋代金石学家对古代编钟也有相应的收集、整理和研究，当时的科学家沈括在他的《梦溪笔谈》中，将先秦中国编钟特有的椭圆形钟体形象地命名为"合瓦形"，并指出了合瓦形钟体的中国传统乐钟，与寺庙等场所使用的圆柱形钟体的金属钟在震动发声、乐音演奏等方面存在的差异与区别。

在《考古图》《宣和博古图》《钟鼎彝器款识法帖》等宋代文献中，金石学家赵明诚、王黻等通过摹其形、拓其图、临其文等方式，将传承宋代的青铜编钟进行了系统的收集、整理，进行了十分专业的金石学著作编写、刊印，为我们今天的编钟研究提供了宝贵的历史材料。

在近现代一百年的中国考古学学科建设进程中，传统编钟研究者也将目光投向考古、投向田野，在考古发掘出土大量编钟的同时，对编钟的历史发展进程、音乐音响性能、礼乐社会功能等问题，进行了一系列深入研究与思考，既大胆提出了"一钟双音"的历史猜想，更以其"证、正、补、创"的研究成果，为历史猜想奠定了坚实的理论基础，为当代社会的编钟复制仿制、编钟礼乐艺术实践提供了坚实的理论依据。

陶钟是青铜编钟的史前形态，我们湖北天门石家河新时期时代遗址出土的陶钟，其钟体已经是椭圆形，且钟体外表装饰有刻画的纹饰。

四川广汉三星堆遗址，是大家当前十分关注的田野考古热点、焦点。在三星堆出土青铜器中，就有不同形态的铜铃。

在河南安阳发现的商代墓葬中，出土了三件成编、五件成编的青铜打击乐器——编铙。虽然编铙是一种钟口朝上的"植鸣"打击乐器，但它与周朝时期的青铜编钟，多多少少存在一定的渊源关系。

殷商时期的长江流域以南，流传着一种形制较中原地区编铙更大，迄今所见最重的一件重量超过 150 公斤的南方大铙。

　　进入西周时期，作为礼乐重器的编钟开始成规模、讲规矩地应用在宫廷活动之中。湖北随州枣林岗曾侯墓出土的西周早期编钟，已经是 4 件甬钟、1 件镈的成套编制，然后是 8 件成编、9 件成套。进入春秋战国时期，出现了 13 件成编、24 件成套，36 件乃至曾侯乙编钟 65 件分三层悬挂在一套钟架上的宏大巨制。

　　说到东周时期"礼崩乐坏"历史现象的时候，学术界常常会以"郑卫之音"作为案例。20 世纪 80 年代以来，考古界在河南新郑发现并发掘了部分春秋时期的祭祀遗址，在 10 余个祭祀坑中出土了分三层悬挂、从下到上分为 4 件镈和 10+10 件甬钟的 24 件套青铜编钟（图四）。在这个遗址的三十个祭祀

图四　新郑春秋礼乐器祭祀坑

坑中发现十余个专门埋藏 200 多件编钟的祭祀坑，可见编钟在当时的社会是多么重要，多么普及的"礼乐重器"！

在广州南越王墓、济南洛庄汉墓和前不久发现的南昌海昏侯等一系列汉墓考古工作中，钮钟与甬钟成套、分两层悬挂，与石质编磬合奏金石之声的现场，十分常见；在中国南方的云南、广西、四川与湖南贵州交界地区，还有羊角钮钟和垂直悬挂演奏的"扁钟"出土。而隋唐时期的青铜编钟，也在扬州地区的考古过程中，有精美的实物发现。

在前面给大家介绍了宋代的雅乐复兴和金石学的形成，其实啊，与之相应，赵宋王朝也铸造有大量的青铜编钟。比如，宋徽宗在推行大晟新乐的时候，就按照宫悬四面、每面 3 架、每架 16 件并另行预备 12 件共一套 28 件，四面 12 架共 336 件（4×3×28＝336）的礼乐重器（图五）。

图五　宋代宫廷礼乐金石宫悬图

但是，无论浩如烟海的历史文献，还是从新石器时代的陶钟、商周铜钟到宋代大晟钟、清代乾隆时期铸造的镀金编钟，在1978年曾侯乙编钟出土之前，关于中国古代编钟音乐性能的认识，始终停留在每一件钟奏出一个乐音——也就是一钟一音，而可以获得宫商角徵羽（do \ re \ mi \ sol \ la）五声音阶的层面上。

　　1956年，河南信阳长台关楚墓考古发掘工作中，一套制作精良、保持完好的13件套东周编钟重返人间。一钟一音，演奏13件青铜编钟的鼓部，可以清晰地获得13个乐音，分别对应"sol、la、do、re、mi、sol、la、do、re、mi、sol、la、do"。最大的这件钟是低音"sol"，最小的那件钟是"do"，正好构成了一个"sol-do"从徵到宫的五声音阶框架。在科学测音、准确演奏出宫商角徵羽（do、re、mi、sol、la）的基础上，人们提出了用这套编钟演奏当代乐曲的期望与期待。1957年7月，中央音乐学院民族音乐研究所的老师也确实用这套编钟演奏了大家十分熟悉的乐曲《东方红》。随后，信阳长台关东周编钟测音报告及音律分析文章发表在了《音乐研究》杂志上，用它所演奏的《东方红》不仅成了1957年中央人民广播电台的开播曲，而且还在当时的报纸上专题报道并配发了音乐家演奏《东方红》的照片。但是，在座的各位听众们，大家都熟悉的《东方红》是六声音阶的乐曲。什么意思呢？我们大家都知道，通常所说"五音不全"的"五音"指的是"宫商角徵羽"——"do、re、mi、sol、la"，我们前面所说的信阳编钟，也确实可以演奏出完整的"do、re、mi、sol、la"五声音阶，可是《东方红》不是一首五声音阶的歌曲，它是六声音阶的歌曲。我们都会唱《东方红》，歌曲旋律的最后一句是"sol re do si la sol sol re mi re do si la re mi re do re do si la sol"——在其中出现了一个科学测音与理论分析中不存在的"si—7"！那么，这个"7（si）"从哪里来？如果客观存在于信阳长台关编钟所演奏的乐音中，考古学家、音乐学家为什么在测音报告中没有如实地反映？如果出土编钟所奏出的乐音中客观事实上没有，那么，是用什么乐器"冒充"并演奏出了"以假乱真"的青铜钟声？

在1959年《音乐研究》第一期刊登信阳出土春秋编钟测验结果及音律研究论文之后，同年第六期又刊登了一篇梁易先生所写的文章。梁先生的文章《对信阳出土春秋编钟音律的领会和疑问》，结合测音报告、理论研究与《东方红》演奏实践所存在的矛盾，提出了自己的质疑：一件钟演奏一个音高、"sol、la、do、re、mi"五音俱全的信阳长台关编钟，如何演奏《东方红》旋律中的"si—7"？

其实啊，我们音乐家在1957年演奏信阳长台关楚墓编钟的时候，已经开始大胆地探索，尝试着从实践与实际音响中，在出土编钟的不同部位发现可能存在的不同音高，并探索运用五声音阶之外的其他乐音——这应该是在当时并没有回复梁易先生疑问的实践性答案。因为，我们并不知道其他部位该不该敲、能不能敲？其他乐音有没有？该不该有？为什么有？因为，浩如烟海的中国历史文献，数千年来并没有关于青铜编钟可以演奏"一钟双音"的明确记载。

接下来给大家介绍我的博士导师，就是照片中进行编钟演奏的这个人——我国著名音乐学家、音乐史学家黄翔鹏先生（图六）。1977年的春天，他和其他几位音乐界的老师们一起对黄河流域出土的编钟进行了较为系统的考察，他们先后到了甘肃、山西、陕西、河南等地的博物馆考古所。在考察的过程中，他们发现了一个非常有意思的现象：典型的青铜编钟——我们所说的传统先秦中国编钟，它的形状和我们今天看到寺庙里的佛钟以及西洋钟楼的报时钟都不相同。它的钟体是一种非常独特的椭圆形或者说像杏仁的一种形状，而这种形状的编钟在敲击而得到的声响上也非常有意思——很有可能在不同的位置敲出两个不同的音来。记着，我说的是很有可能。这也是我今天讲座的第二部分，在第一部分讲了大国重器中国声音的当代影响的基础上，此刻我正在给大家讲第二部分"历史猜想"——我们浩如烟海的历史文献两千多年来并没有关于一件钟能敲出两个音的明确记载，到了1956年河南信阳长台关编钟出土，我们的艺术家在1957年用编钟敲出"si"的时候，还是没有肯定地知道并回答一件钟是否能够演奏两个乐音的疑问。1977年，我的导师黄翔鹏先生一行在对中国传统编钟进行考察的时候，山西的朋友们尤其是文博考古界的老师们，也对我的导师提出了"你能不能用我们山西出土编钟演奏一曲《东方红》"的期待。

图六　1977年春，黄翔鹏及其团队考察黄河中游地区的馆藏编钟

　　通过现场考察与实际演奏，黄先生发现：敲编钟的正中间部位能敲出一个稳定而且清晰的乐音，并且能够构成一个完整的五声音阶；同时，若敲击椭圆形钟体的侧鼓部位，则还可以敲出音高不同的另外的乐音，而且进入东周时期之后每一件青铜钟似乎都可以演奏出两个不同音高的乐音。如果将敲击钟体两个不同部位所获得的乐音组合在一起，就可以获得五声音阶之外的其他乐音并形成六声、甚至七声音阶，从而完整地演奏《东方红》等多种音阶的乐曲。因此，我的老师黄翔鹏先生在结束田野工作回来之后，以讨论中

国传统音乐的音阶问题为切入点写了一篇文章，题目是《新石器和青铜时代的已知音响资料与我国音阶发展史问题》。

黄先生以田野调查、实地演奏所获得的编钟音响及主观感受为基础，认为传统五声音阶之外，先秦中国人同时存在七声音阶的概念，也有七声音阶的实践。如果我们把编钟侧鼓部的另外一个音算进去的话，当时的音乐实践中就有了七声音阶！同时，先生大胆提出了一个"改写"历史的猜想——一钟双音，他认为，编钟正鼓音之外还存在着另外一个乐音，而且这个乐音在当时已经被有目地地使用，是构成中国传统音乐音阶的组成部分。

黄先生的《新石器和青铜时代的已知音响资料与我国音阶发展史问题》分上、下两部分先后发表，却并没有被连续刊登，而是时间间隔了将近一年！因此，先生在文章的下半部分发表时，以备注的方式明示："本文完成于 1977 年 9 月"。朋友们请记着这个时间，注意这个节点非常重要：1977 年 9 月完成的文章。文章完成之后，1978 年的上半年发表了文章的上篇！大家一定要注意，可是他的文章下篇并没有被刊物在接下来的一期中连续发表。为什么呢？是因为刚才已经说过了，编钟侧鼓部乐音的使用，也就是"一钟双音"实乃猜想。几千年的文献都没有记载，这种猜想有依据吗？用猜想所获得的乐音去讨论中国的音阶发展史问题，其科学性是否需要怀疑呢？

我们的音乐，我们的历史，我们的考古，我们的各学科研究如何体现科学精神？如何实事求是地大胆猜想？黄翔鹏先生关于中国传统编钟侧鼓音的猜想，就是一个很好的案例！黄先生文章的下篇虽然没有在 1978 年下半年的期刊上发表，但是，十分幸运、甚至应该说十分幸福的是，1978 年春夏之际，与先生文章上半部分同时问世的是我们湖北随州发现的曾国大墓，这就是我们今天所讲的曾侯乙编钟出土的古墓——当战国早期的随州擂鼓墩一号墓椁板被揭开的时候，墓葬中室呈三层悬挂的 65 件编钟震惊了世界——给失载两千年的"一钟双音"历史猜想，给予了称得上惊天动地的"远古回响"（图七）！

图七　1978 年随州擂鼓墩一号墓出土的曾侯乙编钟

三、远古回响

一个偶然的机会，湖北的考古学家在 1978 年春夏之际发现并发掘了随州擂鼓墩一号墓，出土了曾侯乙编钟、编磬等百余件乐器。随后，应考古学家邀请，我的老师黄翔鹏先生和中国音乐研究所的其他同事来到发掘现场，一起对编钟进行了音高测试与音乐试奏，对墓葬中出土的钟、磬、鼓、瑟、笙、箫、篪等 120 多件乐器进行了全面的整理。其中的编钟出土之后，很快成为世界的焦点，成为各学科学者共同关注的课题和协同攻关的项目，并推出了一系列改写人类历史和中华文明史的研究成果。

请大家一起看看中国传统的青铜编钟，我们很容易就可以观察到钟体的横截面不是圆体的，而是像个杏仁，近似一个椭圆形状（图八）。前面我们曾经说过，这种形状早在宋代的时候，已经被当时的科学家所关注、所认识，沈括还给这种钟体形状取了个十分形象的名字叫"合瓦形"，就像我们农村城镇砖瓦房顶的青瓦片，两个瓦片对称扣在一起，就成了"合瓦形"。也就是说，在沈括生活的时代，他们对于中国传统编钟的特殊的形制已经有了相应的认识。而且，沈括在他的《梦溪笔谈》里还专门说到了中国"合瓦形"的编钟是一种乐钟，和汉唐代以来佛教传入而出现在寺庙里的佛钟——那种圆体钟相比，它的基音更加清晰稳定而适合音乐的演奏。

请大家注意看青铜钟的线描图，无论是甬钟还是钮钟，传统青铜钟的钟体形状都有一个最大的、共同的特点，那就是钟体截面不是圆的，而是一种椭圆，而且是一种对称状的有棱角的合瓦状椭圆。

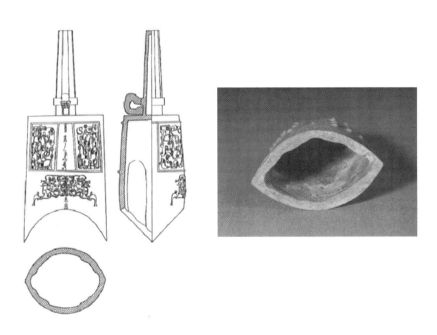

图八　编钟钟体及调音打磨示意图

请大家看看我手上的这件编钟实物，如果镜头拉近些，或者大家有机会走近编钟仔细地观察，你就会发现在钟体内壁有锉磨的痕迹。通过锉磨来调整钟体的壁厚，通过壁厚来控制编钟的音高。就像我们今天很多听众朋友家里都有钢琴、都在弹钢琴一样，当我们把钢琴买回家之后，一定要请调律师来对钢琴进行调音。也就是说，两千五百年前的中国，我们先人们同样已经有了自己的调律师，当然他们不是给钢琴调音，而是给我们的编钟进行调音，通过对编钟内壁的打磨来调准每一件青铜钟的音高。把它磨薄了，是音高了呢，还是音低了呢？大家可以根据自己曾经学习的知识和生活的经验去想一想，甚至亲自动手去试一试，这可是我们古代人非常聪明的地方啊！这正是中华民族对人类文明的杰出贡献啊！

　　请大家观察我敲击编钟的部位，同时分辨不同部位所演奏出来的乐音音高是一样的还是有区别的呢？是演奏中间正鼓部位得到乐音的声音高，还是侧鼓部位的声音高？然后，请大家看看线图，看看壁厚的变化、正鼓与侧鼓部位的不同，再听听敲击的声音——朋友们要记着，这可是两千五百年前曾侯乙编钟原件所演奏的声音啊！"一钟双音"非常清楚，可以很明显地听到中间正鼓部一个较低的音，旁边侧鼓部一个较高的音。古籍文献没有明确记录、中华历史上消失了两千多年的"一钟双音"，在两千多年之后，在 1977 年被"猜想"却无法证实之后，终于被 1978 年湖北随州出土的曾侯乙编钟证实了。

　　听众朋友，刚才我们一起都听到了两个不同音高的声音。可是，你们会不会问我：敲出钟体旁边、侧鼓部位的那个音高，是人的耳朵的一种感觉，还是真的客观存在？你所说的旁边侧鼓部发出的那个音，有没有科学的依据？

　　那么，我们就一起来看看声学物理学频谱图。请大家注意，我们敲钟体中间正鼓部获得声音峰值的频率是 450Hz，而敲击钟体旁边侧鼓部所获得声音峰值的频率是 500Hz。用现代科学的频谱仪，我们可以很清楚地发现：正鼓音和侧鼓音的频率明显不同。如果在座的各位朋友中间有学音乐的，你们很容易就能听辨出来，是"la-do"小三度，为三度音程的两个音。

即便如此，在座的朋友中可能还会有人提出疑问："声音既然敲得出来，当然也测得出来！你能不能从钟体振动的角度，进一步给出相应的科学实验证据呢？"

于是乎，声学物理学家们对振动的钟体进行了全息激光摄影，拍摄了它震动的声学原理图。当我们演奏中间正鼓部的时候，钟体的振源点在中间部位。当我们敲旁边侧鼓部，它的振动中心点则相应转移到了旁边的部位，而且两个部位同时演奏所产生的振动并不互相干扰，因此在同一件青铜钟上能够同时演奏正、侧鼓部而获得两个稳定而清晰的不同音高的乐音。

我在很多地方讲课介绍编钟的时候，都有朋友会提出一个问题："李老师，你介绍的一钟双音，是你们现在发现的一种客观现象，还是先秦中国古人就已经实际运用的历史真实？如果是历史真实，你们有什么依据——因为两千多年来的历史文献并没有记载啊！"

这个问题非常刁钻，又非常在点子上！我不知道在座的各位会不会也同样问出这样的问题来。你今天可以敲出"一钟双音"，就能证明古人有目的地设计、铸调了"一钟双音"吗？就能证明古人使用着"一钟双音"吗？

所以，这正是我们要大力宣传、介绍曾侯乙编钟的原因！这正是我们在关注曾侯乙编钟的乐器、礼器功能的时候，更需要关注失落了两千多年的编钟铭文及其音乐学内涵的重大意义与价值的地方！我觉得曾侯乙编钟之所以称得上是人类文化的奇迹，是中华文明杰出的贡献，正是因为它给我们圆满解答了一系列猜想、一系列谜案。

请大家注意观察，这就是两千多年前铭刻在曾侯乙编钟上的文字（图九）！猛然间看上去，似乎不太认识，但我适当地给予说明，在座的各位就一目了然啦：上面并排的是两个学习的"习"、下半部分是"于是"的"于"。这不就是宫商角徵羽的"羽"吗？只是古代文字的字形十分"艺术"，让我们有些陌生！曾侯乙编钟的铸调人，在奏出"do、re、mi、sol、la"的"la"，也就是"宫商角徵羽"的"羽"的相应部位，严肃、认真地铭刻上了相应的音阶名称"羽"！

图九　编钟音乐铭文（左图为"羽"，右图为"宫"）

我们一起再来看一个字，大家一定都认识：上面是宝盖头，宝盖里面上下两个口字。各位肯定都认识，这不就是宫殿的"宫"，也就是"宫商角徵羽"的"宫"嘛。接着来看这个字，这就是我们一毛钱两毛钱的"角"，也就是我们"宫商角徵羽"的"角"啊。也就是说敲击钟体正鼓部获得乐音的音阶名称是"宫"，敲击旁边侧鼓部获得的乐音是"角"。翻译成今天的话来说，就是敲击正鼓部得到的乐音是"do"，敲击侧鼓部得到的就是"mi"——一钟双音，而且是三度音程！我们"一钟双音"的猜想，不仅有了实际音响的支撑，而且还发现了与古代音响相印证的铭刻文字。

朋友们请跟我继续往下看。在这件编钟铭刻上有一段文字，翻译成今天的话就是"应音均的角，相当于穆音均的商。楚国新钟均的变徵，相当于曾国、周国韦音均的变羽音"。再看一看曾侯乙编钟中层三组第5号钟背面右鼓部的铭文，翻译成当代语言是："（这是）姑洗均的宫右音。姑洗律（音高）相当于楚国音律系统的'吕钟'律。它的高八度相当于楚国的'宣钟'律。"（图十）

曾侯乙编钟中层三级第5号钟背面左鼓部铭文：

"应音之角，穆音之商，新钟之变徵，韦音之变羽"

意思是：应音均的角，相当于穆音均的商。楚国新钟均的变徵，相当于曾、周国韦音均的变羽音。

注：应音（音高♭A）、穆音（音高♭B）为曾国系统的律名，新钟（音高♭F）为楚国系统的律名，韦音（音高♭E）为曾、周国共用的律名。

图十　编钟乐律文字

朋友们，曾侯乙编钟及其铭文明确而清晰地告诉我们，两千五百多年前的中国，不仅有了"宫商角徵羽（do re mi sol la）"等在座各位都熟悉的音阶名称，有了和钢琴一个八度12个黑白键相似的12个律名，还有自己完整的旋宫转调音乐实践与理论系统。给大家举个通俗的例子来讲，比如说C这个音在C大调上唱为"do"，在降B大调上就唱为"re"，如果在降A调上则唱为"mi"。两千五百年前的曾侯乙编钟，或者说两千五百年前中国的音乐家们不仅有了自己完善的唱名、阶（音）名、律名体系，而且还有关于同一音

（律）名在不同诸侯国的名称异同记载，同一音（律）高在不同宫（调）的阶名变化。也就是说，两千五百年前的中国人，已经有了广泛的音乐交流，进行着不同地区、不同风格、不同的宫（调）上的音乐演唱和演奏实践！

当我们面对曾侯乙编钟，面对悦耳的钟声和与钟声相应的 2800 多个铭刻文字的时候，当我们知道了"一钟双音"的伟大创造和其音乐理论与实践体系的时候，我们的文化自信可以说是油然而生、发自肺腑。

我时常跟很多人，包括那些在音乐院（系）学习音乐的大学生，和此刻所有在座的各位对音乐感兴趣的朋友说，今天大家在学习体系化的欧洲基本乐理的时候，是否应该去想一想，它跟两千五百年前的中国乐理有哪些相同或相通呢？请你想一想，当你知道你所学习的一些概念、一些理论，在两千五百年前的中国就已经存在的时候；当你从编钟铭文上知道，早在两千多年前的战国时期曾国就已经有了自己完善的音乐理论体系的时候，你会有一种什么样的感受呢？你难道还不为我们伟大的中华文化而自信吗？

什么叫自信？我觉得，自信就是对于自己文化的了解与认同，就是对自己文化所充满的自豪感，是对文化创造的一种认识、一种骄傲。而这，就是我们今天由猜想的问题带来的探索追求，由"远古的回响"给予的答复并带来的启示。

四、时代交响

从"当代影响"回溯"历史猜想"，"远古回响"的曾侯乙编钟在重返人间的四十多年历程中，与新中国改革开放一路同行，不仅仅从古代来到现代、从中国走向世界，也在国内、国际多学科专家、学者、艺术家、教育家的携手合作、共同探索过程中，从博物馆的库房展柜走到了当代社会政治、经济、文化等各个领域，从文博考古研究院所的研究课题走到了学校的教材、社会科普读物以及大众文化旅游古乐演奏项目，从文化传承、人才培养的学校课堂讲台走上了艺术家创作与表演的舞台，从文物的复制仿制科学实验走到了文创产品研发与批量生产的文化产业实践。这就是我在讲座开始的时候所说的：以曾侯乙编钟为代表的中国传统编钟，从展品到产品，从产品到产业，从产业到事业，随着优秀传统文化的创造性转化与创新性发展，成了当今中国特色社会主义精神文明建设的一项伟大事业，以其融汇古今中外的时代交响，用当代人听得见的古代声音、外国人听得懂的中国声音，奏响国家富强、民族复兴的时代华章。

1978 年随州擂鼓墩一号墓的发掘，即开启了考古与音乐交响的篇章。湖北省博物馆的考古学家第一时间邀请中国音乐研究所黄翔鹏、王湘等音乐学家亲临现场，携手开展曾侯乙编钟等出土音乐文物的整理，随后推出了一系列震惊世界、改写音乐历史的研究成果。

1988 年，我们湖北省委宣传部、省文化厅、省博物馆、武汉音乐学院等多家单位，联合举办纪念曾侯乙编钟出土十周年"中国古代科学文化国际交流·曾侯乙编钟专题"学术研讨会。这是新中国改革开放初期，中外专家、多学科学者聚焦中国优秀传统文化的国际性学术与艺术"交响"——齐聚武汉的国际国内曾侯乙编钟研究者，既有考古的也有历史的，既有音乐的，更有声学物理学、冶金铸造等自然科学界的学者；既有中国的，也有来自美国、加拿大、日本、韩国等不同国家的专家。

会议结束之后，主办者将论文结集出版，分别以中文和英文两种文字版本形式，向全世界推介曾侯乙编钟。

与此同时，聚焦中国青铜编钟的国际回响从大西洋彼岸的美国传来。哈佛大学，1988 年，著名考古学家张光直教授和音乐学家赵如兰教授联合指导现在已经是世界著名东方文化研究者、中国历史考古学家的罗泰（Lothar Von Falkenhausen）先生，完成了以中国编钟研究为主题的《考古学视角下的中国青铜时代宫廷音乐》（*Ritual Music in Bronse Age China：An Archaeological Perspective*）博士学位论文。随后，罗泰先生的学位论文以 *Suspended Music：Chime-bells in the Culture of Bronze Age China* 为名，由加利福尼亚大学出版社正式出版。

1998 年我们召开纪念曾侯乙编钟出土二十周年的第二次国际会议，十年之后的 2008 年，再十年之后的 2018 年，随州市人民政府、湖北省文化厅、武汉音乐学院等单位，连续主办纪念曾侯乙编钟出土学术研讨会，为曾侯乙编钟研究搭建、提供了十分重要的平台。国际国内的历史学家、考古学家、物理学家等社会科学、自然科学学者，或从人类历史与文化的角度，或从声学物理学、青铜铸造技术等科学技术（史）的角度，揭示曾侯乙编钟的历史价值、文化贡献与科学内涵；音乐学家在探讨曾侯乙编钟音乐音响特性的同时，还从乐律学校释的角度，对曾侯乙编钟的音高设计进行了"校勘"式研究，为中国青铜编钟音乐音响研究提供了独特的视角，做出了具有自己独特学科价值的贡献。

作为国宝珍藏单位，湖北省博物馆持续数十年开设了包括曾侯乙编钟在内的《曾侯乙墓》专题展，曾侯乙编钟复制件也随部分曾侯乙墓出土文物一起到美国、日本等多个国家进行展览展演。作为特展配套印刷品《孔子时代的音乐》等，在介绍曾侯乙墓出土文物的同时，也向世界介绍了通过曾侯乙编钟研究而对中国古代文化最新的考古发现与研究认识。

在 2008 年召开纪念曾侯乙编钟出土三十周年国际会议时，我们编辑出版了书名叫"钟鸣寰宇"的文集。2018 年纪念曾侯乙编钟出土四十周年时，我们编辑出版的文集叫《寰宇鸣钟》。我跟很多朋友调侃，作为活动的发起者和组织者，作为纪念文集的主编，我似乎有些"偷懒"，书名就四个字，前面是"钟鸣寰宇"，后面是"寰宇鸣钟"。虽然是同样的四个字，但是我觉得四个字位置的颠倒，代表了我们研究曾侯乙编钟、认识中国古代编钟文化的一个很重要的发展过程。"钟鸣寰宇"，是我们中国传统编钟走向世界，钟声响彻全世界！而"寰宇鸣钟"，则是当今世界对中华优秀传统编钟文化的时代回响，编钟作为当代社会的文化建设事业，成了全世界，成了当今中国社会文化建设事业很重要的切入点和十分重要的领域。虽然只是四个字的秩序颠倒，但是它所代表的意义和价值、视角和视野完全不同。这就是我们所说的关于编钟的历史回想，前面我们讲的是丰富的文献记载和重大的考古发现，那么，由于曾侯乙编钟的出土，由于全世界学术界各相关学科学者目光的聚焦，使我们对编钟有了新的认识，对关于编钟音乐音响的历史猜想，有了铁板钉钉的科学答案！而且正是这种新的认识，为编钟成为当今的"大国重器"，成为当代"中国声音"奠定了重要的基础。

其实啊，从 20 世纪 70 年代曾侯乙编钟出土之日开始，我们的考古学家、音乐学家就一直与声学物理学家、冶金铸造专家等多学科学者联合攻关，既进行着古代编钟科学技术内涵的分析研究，更进行着曾侯乙编钟编磬等古乐器的系列复原、复制、仿制等实验工作，并且在八十年代初期成功复制曾侯乙编钟，将复制件先后赠送、珍藏在随州市博物馆、湖北省博物馆、北京大钟寺博物馆、台北故宫博物院等文博部门。

在曾侯乙编钟及其复制工作的基础上，体现优秀传承文化创造与创新的青铜编钟研制工作也紧锣密鼓地进行着。大家现在看到的这套编钟是 1988 年武汉音乐学院在我们当时的院长童忠良先生取得的理论成果基础上，铸造的一百件编钟，叫作"楚曾百钟"（图十一）。

为什么取名楚曾百钟呢？因为这套钟是当今荆楚学者，在曾侯乙编钟古

图十一　楚曾百钟

代文化、古代思想的启迪之下，进行的当代创作——我们知道，曾侯乙编钟出土于随州擂鼓墩一号墓，共65件钟，其中64件自名曾侯乙编钟，另外还有一件是楚王镈，所以准确地说出土的曾侯乙编钟应该是64件。无独有偶，擂鼓墩一号墓发掘之后的不久，在它的旁边发现了擂鼓墩二号墓，而二号墓也出土了编钟，共36件。一号墓64件，相邻的二号墓36件，二者之和恰巧是一百件！童忠良院长带领武汉音乐学院团队对两套编钟予以测音整理、进行音律内涵分析和关联性研究，在1988年的国际编钟学术交流会上发表了"百钟互补"成果，并在这样一种思维方式的启迪之下，以擂鼓墩出土编钟的形制、纹饰、大小等为参照，重新设计、铸造了体现我们武汉音乐学院科研水平与创新追求的"楚曾百钟"，而且将楚曾百钟悬置在了当时刚刚落成的武汉音乐学院音乐厅舞台正后方。朋友们，地处荆楚大地、传承曾楚文脉的武汉音乐学院的音乐厅，有一个与全世界音乐厅不一样的标志性特点！全世界标准音乐厅舞台正后方放置的都是被称为西洋乐器之王的管风琴，而我们的音乐厅放置的是中国乐器之王——编钟，而且是体现优秀传统文化创造性转化与创新性发展的"楚曾百钟"！因此，我们的音乐厅叫"编钟音乐厅"，编钟理论研究与教学、编钟乐舞创作与展演、编钟文化传播与传承，是编钟音乐厅的"常驻"项目，也是武汉音乐学院的重点学科建设领域。欢迎大家到我们武汉音乐学院，到我们的编钟音乐厅学习交流，听一听我们编钟奏响的音乐，看一看我们编钟研究与人才培养所取得的系列成果。

当人类历史跨入 21 世纪的时候，以中国科学院为首，由湖北省博物馆、中国音乐研究所、武汉音乐学院等单位专家学者共同参与、协同攻关研制的世纪编钟——"中华龢钟"应运而生。"中华龢钟"共 108 件，珍藏于北京太庙博物馆，在人类进入 21 世纪的历史时刻，由当时的国家领导人庄严奏响。

我们的讲座进行到这里，已经完成了"影响""猜想"和"远古回响"的陈述，回答了以曾侯乙编钟为代表的中国传统编钟是什么、为什么、怎么样的问题，紧接着的第四个问题摆在了我们面前——面对灿烂辉煌的古代文化，面对曾侯乙编钟这一中华文明的伟大创造，我们今天拿它怎么办？事实上，我的讲座讲到这里的时候，朋友们一般都会提出一个新的问题，或者说是一种期望：既然编钟是"一钟双音"的古代乐器，既然现在我们已经有了编钟复仿制品甚至新的研制品，那么，编钟乐舞在当代国际国内舞台的精彩绽放一定值得期待！

是的，确实如此！早在 1978 年曾侯乙编钟出土的时候，音乐家应邀第一时间到达第一现场，并在文物整理、测音实验的同时，为千古绝响重返人间开始了乐曲编配。1978 年 8 月中旬，随县（今随州）某炮兵师礼堂，在黄翔鹏、王湘等音乐学家的指导下，六位年轻工作人员用失传两千五百年的曾侯乙编钟，演奏了《竹枝词》等乐曲，还留下了一张十分珍贵的"演职人员"合影——黄翔鹏先生在照片背面庄重地标记了参与演奏工作人员的姓名（图十二）。前排就座的是黄翔鹏、王湘先生，后排演奏人员中有今天我们湖北著名的作曲家王原平先生，有后来成为湖北省博物馆副馆长的冯光生老师。

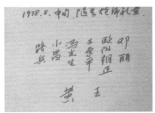

图十二 "千古绝响"演职人员合影

从此，编钟演奏成为展示中华文化和中国古代文明伟大贡献的重要内容。在博物馆，编钟古乐器演奏成为展柜内曾侯乙编钟等音乐文物的活态延伸；在黄鹤楼、东湖风景区等文化旅游景点，编钟复仿制件古乐舞表演，成为展现地方文化历史的景观亮点；在武汉音乐学院等高校课堂，在中小学教材及美育活动中，编钟乐舞成为精品课程与重大题材；在科研院所、文艺院团，编钟音乐理论研究、艺术创作、舞台表演，成为当代社会精神文明建设的一道亮丽风景。

1984 年中华人民共和国成立 35 周年，我们的编钟应邀来到北京，在中南海参加了中华人民共和国成立 35 周年庆典演出。在此前后，数易其稿的《编钟乐舞》，也由湖北歌舞剧院的艺术家们推上舞台，成为数十年来的精品保留剧目。国内外很多熟悉编钟的朋友都知道，说到湖北肯定会提到编钟；说到编钟舞台艺术实践，说到编钟音乐舞蹈创作，肯定会说到我们湖北省歌舞剧院的《编钟乐舞》。可以说，《编钟乐舞》从 20 世纪 80、90 年代一直到今天，成了我们研究编钟古乐、弘扬优秀传统文化的成功典范。当代音乐创作表演工作者，在音乐考古学家猜想古乐、证实"一钟双音"的理论研究成果上，努力探索如何复现编钟古乐，努力回答如何继承并弘扬优秀传统文化的音乐之问、历史之问与时代之问！

正是这样，我们的《编钟乐舞》到世界许多国家巡演并产生强烈的反响。编钟古乐器演奏，以及编钟与民族乐器、西洋管弦乐器乃至合唱团的交响协奏，出现在国际国内剧院、音乐厅的舞台，出现在香港回归、北京奥运会、武汉军运会等重大活动之中，出现在河南博物院、湖北省博物馆、随州博物馆、荆州博物馆等文博单位的文旅项目里，出现在中央电视台《探索·发现》《国家宝藏》《中国考古大会》等专栏节目中。

2016 年，中美两国的编钟礼乐研究者开始新的合作，从当代社会音乐舞台审美的视角，探讨将编钟搬上国际舞台、让中国传统编钟与欧洲交响乐队谐鸣于西方国家的舞台，尤其是使其成为当今世界乐坛通用的固定音高打击乐器，成为全世界作曲家都能为之创作音乐的通用乐器，从而，使编钟不再仅仅是湖北的编钟，不再是只有到了湖北才能演奏的乐器！

2017 年 4 月，一套按照十二平均律调律、具备一钟双音功能、传承着中华传统青铜编钟形制、纹饰的 20 件大晟新钟屹立在美国密歇根大学门德尔松剧场的舞台上，或独奏、或重奏、或与乐队交响，用国际通用的音乐语言、谐鸣交响的音乐音响，奏响了人类命运共同体的时代乐章。尤其是聚光灯下的大晟新钟保持着金灿灿的青铜本色，而不再拘泥出土千年古物的铜锈黑褐色，让现场观众感受到了金钟玉磬、钟鼓齐鸣的文化魅力与当代力量。

2019 年 9 月，大晟新钟在美国芝加哥交响音乐厅再度登场，与当地管弦乐团、合唱团成功合作（图十三）。活动主办方在音乐会结束时正式宣布，将以驻留美国的大晟新钟为主奏乐器，举办首届金编钟国际作曲大赛（Golden Bells International Composition Contest），向全世界音乐家征集编钟音乐作品，用编钟讲述中国故事、向世界传播中国文化。

图十三　芝加哥交响音乐厅编钟交响合唱演唱剧照

在此期间，一项音乐与科技联姻、编钟与计算机技术结合的实验创新工作正在进行。为传统青铜编钟预置大小、重量、软硬度等相匹配的钟锤，通过国际通用的普通键盘乐器界面发出演奏信号，运用人工智能技术控制钟锤演奏力度、速度！智能演奏的新编钟，不仅保持了传统编钟的音乐音响性能和演奏功能，同时也为全世界作曲家、演奏家创作、演奏编钟音乐，提供了通用手段与当代路径。

在国家文化与旅游部、中共湖北省委宣传部的支持下，新编钟及编钟与交响乐新作品创作纳入国家文化创新工程和文艺精品创作扶持项目之中。以相对独立完整的音乐会音乐音响逻辑进行构思、策划，包括编钟独奏、大晟新钟与双钢琴、编钟与交响乐队、编钟与人声（独唱、合唱）等多种体裁的《编钟与交响乐队新作品音乐会》，在2020年正式结项、推出，并出版了《天坛》《神人畅》等编钟交响乐总谱，使编钟在当代社会的国际国内传播，不仅有了与世界乐器同频共振的物质基础，而且有了排练演出资以凭据的国际性标准总谱。

各位朋友，我们不是说铸调为十二平均律、有了键盘界面的人工智能新编钟、有了编钟管弦乐总谱就有多么了不起，而是想告诉大家，我们在中国特色、中国风格、中国体系的当代编钟音乐文化建设过程中，坚持本来、吸收外来、走上未来，传统编钟同样能与世界谐鸣、与时代交响！用我的老师黄翔鹏先生的治学思想来说，就是要"身入古墓、心在人间""神游往古、心追方来"！

图十四 《百年复兴梦》剧照

守正创新、文化自信，百年中国考古，四十余年曾侯乙编钟研究。1978年出土于湖北随州的曾侯乙编钟与改革开放一路同行，经历了从博物馆展柜中的文物展品到文创产品，从文旅产业到新时代中国特色社会主义文化事业的发展过程。在中国共产党建党一百年之际，武汉音乐学院教师作词、作曲，用编钟、大提琴、钢琴与人声谐鸣交响，共同谱写《百年复兴梦》，奏响时代新华章（图十四）。

《大国重器　中国声音——曾侯乙编钟的文化事业建设的启示》我就与大家分享、交流到这里。有机会我们可以保持联系，做进一步的沟通、进一步的交流。我相信编钟这样的传统乐器，在历史、当下和未来都将扮演十分重要的角色；我相信中华传统礼乐文明，在当代中国的文化自信、在当今社会主义文化事业的建设过程中，一定会发出更好的声音，发挥更大的作用。

民俗摄影漫谈

吴志坚

关于民俗，前人已经做过深入的研究，并且成果丰硕。摄影，也是一种古老的记录方式，由此而生的有关影像史、图志的研究，也积累了大量著述，并有与此相关的大量文献问世。民俗摄影是摄影领域中极小的一部分，却横跨了民俗学和摄影两个领域，并由于这两个领域都与我们的日常生活息息相关，因此逐渐形成了独特的"民俗摄影"研究领域。

今天，我们将民俗和摄影这两个领域连通起来，是为了进一步阐述民俗学研究与影像记录之间的关联。也是因为我从事这项很"小众"的工作已有30多年。由于介入时间较早，对这一领域还有一些了解，所以今天我会选择这样一个内容来和大家分享，分享民俗摄影田野考察的点点滴滴，分享源自湖北民间的大大小小的民俗事象及其背后的深刻含义。

新时代以来，以习近平同志为核心的党中央，高度重视对传统文化的保护、抢救与利用，并多次就这一问题做出重要批示。这些重要批示背后的要义在于：每个从事文化工作的从业者，每个身处不同领域的研究者，都应该从身边做起，发现我们自己身边所留存的文化记忆，并自觉自发地记录它、走近它、保护它。

我们再次回顾上面所说的"小众"。所谓"小众"，或许是指民俗摄影这个领域很小众，是需要感受孤独、寂寞，甚至是非议的。但这项工作也是"大众"的，因为它所面对的、所记录的和所需要亲历的，是真实发生在社会生活之中，与日常生活紧密相关的习俗。因此对我而言，苦行于其中，但也深知其中乐趣。

一

让我们从民俗学的角度出发，通过影像记录这个角度来观照民俗摄影。

多少年来，对于民俗影像志的研究一直在路上。影像志的根本是通过图片、视频等媒介，来对一个地域文化、民俗、风物、景致等进行记录，从而作为民俗学者的论据，转而构建确切、全面的民俗叙事过程。

1862年至1877年间，英国摄影家汤姆逊拍摄的伦敦街头民众生活，和北京女子正在化妆的图片，成了我们较早能够看到的一批老照片。而在我国，被称为中国新闻摄影"祖师爷"的蒋齐生，就曾对英国摄影家汤姆逊所拍摄过的图片进行过深入分析。他曾提及，汤姆逊曾在1869年到1871年间，三次到厦门，拍摄了大量当时的厦门景象。而今这些影像，已成为具有研究价值的史料。蒋齐生还曾提及另外一位著名摄影家——庄学本，他的研究与拍摄主要集中于我国边境的少数民族地区。今天我们所能看到的这些边民的肖像，这样古老的银饰，就来自于庄学本拍摄的图片，是他的图片让我们了解了边境少数民族居民的生活史、民俗史。

社会在不断发展、不断进步，在今天的生活中，我们已经很难看到"老东西"，更不会去将我们的祖辈所尊崇的"老习惯"带到新时代的生活中。而今天我们所能看到的许多影像，有的来自几年前，有的来自十几年前，甚至几十年前。而就是这些影像，勾勒出的是我们每个人所熟悉的生活，是我们每个人曾经的过往，也是我们的祖辈所经历的生活。

民俗学和非物质文化遗产，是我们所熟知的两个学科概念。实际上，这两个学科之间，存在着许许多多的联系，这些联系导致我们有时会不太了解两个学科的边界。2003年，我国启动了非物质文化遗产保护工程，将非物质文化遗产领域中原有的民俗分类，进一步拆分成了十个大类。这种分类方式的形成与确立，主要是为了全国各级非遗保护与管理部门能够更加便利。而真正意义上，民俗学领域的分类方式，才是我们进行学科研究、记录民俗事象的根本。

二

湖北民俗摄影的发展，和我国民俗摄影的发展，基本处于平行状态。最早，我们所谓的民俗摄影，可能只是对一个地区风貌和乡土气息的记录。随着这一领域的逐步发展，我们才逐渐将视角投向存在于山野乡村中的人。

而我从事民俗摄影的契机，大概是从20世纪80年代开始的"十套集成"编纂工作，这段时期，我慢慢走进湖北境内的大小乡村，慢慢步入用照片记录人民生活的领域之中，慢慢体会到"广阔农村大有可为"的深刻含义，慢慢用相机，记录了首批民俗影像。1992年，第一届楚文化节隆重举行。当时我在荆州举办了一次"荆楚风情摄影展"，这个展览是我省有史以来第一次有意识地将民俗和摄影结合起来举办的图片展。当时为组织举办这一摄影展，我们向全省发布了征集通知，要求各地报送来的每张图片，都必须有文字说明，必须清晰地反映一种民俗事象。这场展览，后来在荆州群艺馆展出，收效甚好。时任荆州地区行署专员的王生铁，亲自莅临现场，并在观看结束后，要求荆州地区的各单位、各部门都要组织观看。我当时听到这些，大脑一阵蒙，因为我从来没听到过这样的行政命令，也从来没想过一个地区的一把手，会如此重视民俗和文化。时任湖北省博物馆馆长谭维泗，也带了很多人来参观展览。观看过程中，谭馆长问我为什么会想到这样一个专题，并进一步明确地说：展览之后要把这些图片都收藏到博物馆去，因为这些地上民俗对地下文物，有着一定的佐证作用。

我想，就是这样一些事件，激励着我一直行走在田野，一直行走在拍摄、记录、研究民俗摄影的路上。

三

十多年来，民俗摄影终于作为一种独立的摄影门类，正式地被摄影界所承认，并奠定了它的学术地位。在这里，我们有必要聊一下民俗摄影的特性和它的价值。

我觉得，民俗摄影的特性首先在于真实性，这就如同新闻摄影的真实性一样，我们在步入民俗现场时，必须依靠真实的记录，才能获取民俗事象的第一手资料；其二是艺术性，第三是学术性，第四是包容性。究其价值而言，则可总结为文献价值、史料收藏价值和学术研究价值。当然，也对精神文明建设、爱国主义教育，以及增进民族团结、文化交流具有重要作用。

2003 年，经过 18 年拍摄整理的，我与武汉大学李惠芳教授合作的大型民俗摄影画册《楚风楚俗》由湖北美术出版社出版。画册分四大类、120 个条目的民俗事象、近 500 张图片。这本画册的出版，引发了民俗学界的广泛关注，民俗学的泰斗级人物钟敬文，以及著名历史学家冯天瑜，楚史学家张正明都为这本画册题词、作序。并有学者在所撰写的评论中认为这本画册是对

"民俗文化的另一种深描"。冯天瑜为画册所作的序，从对"风""俗""雅"三个字的解释入手，进一步阐述了"采风""观俗"的关联，及其风俗与地域文明之间的必然联系。

不同地域居民所经历的风俗，因地域不同而不同，这或许就是"风"的存在。人的性格，往往随着各地风俗不同而有所差异，例如北方人性格豪爽耿直，如同直线，而南方人则八面玲珑，犹如曲线。

在日常生活中，特别是先民所遵循的传统之中，人的生活是需要顺应天时的，因此也就逐渐产生了较为原始的信仰。特别是在岁时节日的框架下，先民更是尊崇传统，所以可以说，我们对生活的希望，是形成岁时节日的"土壤"。

下面我们以湖北境内的端午节俗之一——西塞神舟会为例，来分享一下对这项民俗所进行的记录与拍摄。

四

西塞神舟会是湖北省黄石市西塞山区一项特有的端午习俗，它与宜昌秭归县的屈原故里端午习俗、湖南汨罗端午习俗以及苏州纪念伍子胥的端午习俗，共同在2009年成为了人类口头与非物质文化遗产代表作。而在2005年—2006年间，西塞神舟会被列入了首批国家级非遗名录。

西塞神舟会作为端午习俗，不同于其他端午节习俗的一点在于，西塞神舟会所跨越的时间段，包括了小端午和大端午。而其他地方的端午节习俗，特指小端午，即农历五月初五。大端午是湖北特有的，是指农历五月十五；此外，湖北境内还有过末端午的习俗，末端午是指农历五月二十五。

我是从1998年开始关注西塞神舟会这个项目的。湖北省举办了一次全省性的摄影作品比赛，黄石市选送的一组《龙舟会》引起了我的注意，而我当时正在做这次摄影比赛的评委。评选之后，我就迅速与黄石方面取得联系，了解了这项习俗的大概情况和举办时间，并在 1998 年 6 月，第一次见到了这条"神舟"。当时，我在黄石朋友的安排下，住进了村里，能够近距离感受神舟会的宏大与信仰的力量。

这条"神舟"是纸糊篾扎的，非常精美，并且很长、很高，船体上有 108 尊神仙，这些神仙都是用泥土做头部，蜡光纸、彩纸做官服，神态更是惟妙惟肖。这次共采访了三天，每天我都拿着相机到处拍摄，同时边拍边问，初步了解了一些有关西塞神舟会的"碎片"。

随着连续十余年的记录，我慢慢了解到西塞神舟会的仪程其实是从农历正月初一一直延续到五月十八的。这个时段大概有半年，是现存时间最长的端午习俗。同时，神舟会除了是端午节俗之外，还是一种社会组织民俗。之所以称其具有社会组织民俗的属性，是因为神舟会有"会头"，有成员，他们每年大年初一都会相约在"神舟宫"里，商讨当年如何举行神舟会，船扎多大，甚至责任到人。也就是说，神舟会是有较为明确的组织程序的。

农历四月初八，是神舟的开工仪式，伴随这一天同时存在的是佛祖诞辰日。这一天，来自四邻八乡的信众，会自行购置乌龟、甲鱼等，到位于西塞山脚下的长江边放生。而在江堤另一边，神舟宫里，则有伙居道士主持开工仪式，从这一天开始，扎船师傅要正式闭门扎船，而这个扎船的过程，是禁止人们观看的，这一传统叫作"收禁"，意思是说神舟及百余位神仙，要稳坐神舟宫内，将存在于民间之污秽收入囊中。

农历五月初五，也就是小端午期间，神舟宫里灯火辉煌、烟雾缭绕。这一天要为神舟开光。而后神舟就一直安置在神舟宫内，接受着信众的膜拜。而从农历五月十五开始，就进入了神舟会的正式会期。这段时间，会有楚剧班子在江堤边的戏台上唱会戏。农历五月十六，会有十余名壮汉抬着神舟，在村里巡游。村民均会在家中堂屋设香案、摆供品。神舟巡游到此，民众多会走出家门朝拜神舟，祈求一年的风调雨顺。农历五月十七，伙居道士会在神舟宫里为信众打醮，信众也会聚集在神舟宫内外守夜。神舟会成员会在晚上11点为信众送上包子和粥，谓之"吃包喝粥"①。而到了五月十八，则会举行盛大的神舟登江仪式。神舟登江，是将神舟安放在稻草垛上，而后由拖船拖到江中央。周边船只需要绕神舟三圈，并鸣笛以示送行，而后任由神舟慢慢漂走。这整个仪式过程，在许多年间并没有大的变化，变化的，只是一代代"神舟会"的核心成员，有的老了，有的走了，他们带走的是这个区域的文化之根。

通过多年的观察，我也在记录中不断思考，这声势浩大的"神舟会"，来自哪里？从何时开始盛行？历史上的文献中，有没有相应的记载？带着这样的问题，我开始查阅文献，并通过当地"神舟会"里的老人家，开始了关于扎制神舟、神舟会各类仪式的缘起探究。

在实际的查阅过程中，我翻阅了当地扎船师傅手抄的，清代同治年间留存下来的《神舟绘图杂志》，查到了《大冶县志》上记载的西塞山地理位置图，同时还查到了《大冶县志》中胡梦发所写的《五月十八龙舟记》等资料。这些资料的整理，使我能够更有目的性地对西塞神舟会的点点滴滴进行梳理，从而进一步了解与这一湖北大端午习俗息息相关的各类具体民俗事象。

还有一个在湖北境内比较个性化的习俗叫"送灯亮"。岁时节日对中国人的重要性不言而喻，农历除夕之夜，活着的人要与自家故去的亲人一起过除夕，因此就有了"送灯亮"这一习俗。除夕夜，家家户户在故去亲人的坟前

---

① 方言"吃饱喝足"的谐音。

点燃蜡烛，将祭品摆放在坟前，意在照亮从阴间的来路，让故去的亲人能够和自己一起过年、一起守岁。又如农历十月初一，在郧西县的这片墓地，家家户户会将纸扎的衣服、被子、鞋子送到故去亲人的坟前，祭拜之后烧掉，谓之"送寒衣"。

五

接下来我们一起看看其他类型的民俗事象。

现在大家看到的这张图片，非常特殊也非常珍贵。大家都知道"纤夫"，也知道曾经在三峡流域，有"纤夫"这个职业。这张图片拍摄于 1986 年的神

纤夫图

农溪，那一年我跟着这些纤夫，溯江而上，发现他们在拉纤时是全裸的，所以拍摄了这张图片。2019 年，我再次来到三峡库区蓄水之后的神农溪，当然跟 20 世纪 80 年代的景象，已经截然不同了。当我们一行人再找到当年的那些纤夫时，他们说现在拉纤就是个旅游项目，拉个几十米，能够维持生计就行。还有一些当年的纤夫，早已改行从事别的职业了。从这个意义上说，在三峡流域，纤夫这个职业或许已经消失了。

在记录过程中，我看到过"抓周"，看到过传统的"花轿迎亲"，但随着时间的流逝，当年"抓周"的那个孩子，已经在武汉拥有了自己的家庭，不愿意再提起当年的往事，也许久没有回到故土。当年"花轿迎亲"的男女主人公，早已儿孙满堂，而那曾经摆放于洞房之内的木雕花床，则早已"沉睡"于储物间。

不得不说，时代的进步使我们每个人的生活都发生了翻天覆地的变化，这种变化是我们无法阻止的，这是历史发展的必然，是在社会逐步向好的过程中，必须经历的过程，而在这个过程中，人与社会、人与传统、人与人、人与雅、人与俗之间的关系，都会发生变化。

基于这个问题，我不禁思考：难道我们的后人，就永远见不到他们的父辈、祖辈的生活样貌了吗？我想，对于生活在社会环境之中的人来说，我们迫切需要我们的晚辈了解曾经在这片土地上发生过什么，有必要告诉他们，历史、当下和未来的承接关系，有必要通过各种各样的方式，告诉他们传统是什么。

2022 年，在湖北省文旅厅、湖北省文联、湖北省档案馆的组织领导、联合推进下，由湖北省博物馆、湖北省民间文艺家协会、湖北省摄影家协会、《湖北日报》摄影部联合发起的《百年民俗　湖北记忆》，将于 2022 年 6～7 月，在湖北省博物馆展出。2021 年 3 月，我们向全省发出了征集民俗影像图片、视频的通知，截至五月底，共收到近万件记录百年湖北民俗的图片、视频。经过严格筛选，最终选出 1200 多份作品，代表了 280 个民俗事象。这些来稿中，有清代影像，有民国遗存，也有解放初期的记录，可以说，通过这次展览，我们每个观众都可以近距离浏览百年以来的湖北民俗。同时，我们也将同步出版一本画册，为的是让大家能够真正将这百年以来的湖北民俗，深深印刻在脑海之中，让大家跟随时代的"年轮"，找寻我们的文化之根，让文化自觉与文化自信，充实我们的日常生活。

晚清两湖地区的书法

孟庆星

今天我和大家探讨晚清两湖地区书法的问题。为什么要谈这个主题，这是因为从时间上来说，晚清离我们很近，也就是一百多年，从空间上来说，两湖是我们大家工作、生活的地方。在这个时间和空间内所发生的与书法相关的事情，至今还和现当代尤其是现当代的两湖地区有着密切的关系。

一、两湖地区是一个相对独立的地理、文化、行政单元

1. 地理单元

首先，从空间上看，在历史上，两湖地区是一个相对独立的地理单元。大家看两湖地区的地形图。它的西部是巴山，西北、北部是秦巴山脉，东北是桐柏山，东部是大别山、幕阜山、罗霄山脉，南部是南岭。

2. 文化单元

其次，从文化渊源上看，两湖地区都是楚文化的核心区域，这个区域的

两湖地区地形图

人们对楚文化都有相同的认同感。我们湖北对楚文化具有强烈的认同感，这个就不用说了，即便湖南也是这样，比如长沙的岳麓书院大门两旁的对联就是"惟楚有材，于斯为盛"。

3. 行政单元

正因为有上述深厚的地缘和文化渊源关系，所以在元代以后两湖地区都属于湖广省所管辖。直到清初的康熙三年以后，才以洞庭湖为界，分出湖南省和湖北省。即便如此，由于这两个地区的特殊关系，在清代仍然是分中有合，在行政管理上，清政府在武昌专门设湖广总督来统辖两湖地区。

以上三点都说明了两湖地区是一个相对独立的地理、文化、行政单元。

二、活跃的晚清两湖地区及其代表性人物

1. 晚清两湖中的"晚清"概念

下面，我们再看一下，"晚清"具体包括哪几个小的时间段。如果我们用在位皇帝的年号作为时间刻度的话，"晚清"大致包括咸同和光宣两个阶段，其中，"咸"指"咸丰"，"同"指"同治"，"光"指"光绪"，"宣"指"宣统"，这四个皇帝在位的时间共61年，也就是半个多世纪。

2. 活跃的晚清两湖地区的代表人物

就整个清代来说，咸丰以前也就是清朝的初期和中期，两湖地区相对沉寂。但是咸丰之后，两湖地区进入了活跃状态，这是为什么呢？其中一个很重要的原因就是鸦片战争以后，清政府对地方治理能力的大大减弱和太平天国运动的爆发。借助这两个历史契机，两湖人乘势而起，先有被号称"近代开眼看世界第一人"的湖南邵阳人魏源，他提出了"师夷长技以制夷"的思想；继而崛起的是曾国藩、左宗棠等；其后又有维新运动的代表人物谭嗣同和革命党人宋教仁、黄兴等。光绪中期，张之洞任湖广总督，把两湖地区打造成全国性的政治、经济、文化、教育的样板示范区，两湖地区进入最为辉煌的历史时期。

以上两点构成了晚清两湖书法发展的基本历史背景。

三、活跃的晚清两湖书法

为了更清晰地描述晚清两湖书家群体，我们把晚清咸同、光宣两个时期再细分为三个更小的时间段，第一个是咸丰、同治时期，第二个是同治、光绪时期，第三个是光绪、宣统时期。先看咸丰、同治这个时间段。

1. 咸丰、同治年间何绍基与"中兴名臣"书家群体

在晚清两湖地区逐渐活跃的历史背景下，首先在咸丰、同治年间涌现出一批具有全国影响力的书家，其中以何绍基和曾国藩、左宗棠、胡林翼、彭玉麟等所谓的"中兴名臣"书家群体为代表。

何绍基，湖南道州人，是清代屈指可数的书法大家，他比曾国藩大两岁。他们二者不仅是同龄人，而且交往密切。何绍基一生中过进士，任翰林院编

行书论书扇　清·何绍基

修、四川学政，也在山东济南、湖南长沙、江苏、浙江等地的书院讲学，因而何绍基是一位身兼官员、学者身份的著名书法家。何绍基的书法风格，《辞海》归纳为"遒劲峻拔，别具风格"。我们可以通过这件《论书扇》体会一下何绍基书法的风格特征。

关于何绍基书法作品，我们下面还有详细的分析、介绍，这里就不多说了。

借助镇压太平天国起家、被称为"中兴名臣"的湖南籍的曾国藩、左宗棠、胡林翼、彭玉麟在书法上虽然没有何绍基那样的成就和影响，但在清代书法史上他们也以善书而著称。

曾国藩一生以赫赫的功业为世人所称道，除此之外，对于书法，他也非常用功。曾国藩在他的《日记》中就说："每日笔不停挥，除写字及办公之外，尚习字一张，不甚间断。"对于曾国藩的书法风格，后人曾有这样的评价："其书多得雄直之气""其书瘦劲挺拔，……而风格端正。"因而"雄直""挺拔""端正"就构成了曾国藩书法的基本特征。总的来说，曾国藩的书法在传统取法上，受唐代欧阳询和宋代黄庭坚影响比较大。在风格上，曾国藩的书法属于瘦硬刚健那一路的，这些我们都可以从这件《行书"真珠为浆"七言联》作品中感受得到。

顺便提及的是，曾国藩以善于识人而著称，他在书法上也是如此。他就极为推崇他

行书"真珠为浆"七言联
清·曾国藩

行书"获寿蒙祜"七言联
清·左宗棠

的老朋友何绍基，认为他的字必将名传千古。后来的书法史也证明他的判断是对的。

同为湖南人的左宗棠，比曾国藩小一岁。早年受曾国藩赏识，入其麾下。任闽浙总督，后来率湘军子弟兵收复新疆，所以左宗棠既能文也能武。这种特殊的人生经历，造就了他雄健、豪迈的书法风格，比如这件《行书"获寿蒙祜"七言联》就体现了他的书法的典型特征。

湖南益阳的胡林翼，与曾国藩的经历相类似，也是起家于镇压太平天国运动。他曾任湖北巡抚等职务，最后也是在武昌去世的。胡林翼虽为文臣，但又有武略。后来的毛泽东把他这位湘乡前贤作为学习的楷模，胡林翼号"润芝"，毛泽东也改字为"润之"。胡林翼的书法取法唐朝的颜真卿、柳公权比较多。所以他的大字书法风格与曾国藩、左宗棠一样，都属于刚健的那一路，比如这件《楷书"笔写词挥"八言联》，就体现了他的书法的基本特征。

湖南衡阳的彭玉麟，也是一位著名的湘军将领。彭玉麟的书法也深受唐朝颜真卿影响。唐朝颜真卿书法有厚重的一面，学习颜体书法的人如果学不好，容易把字写得很肉感，但彭玉麟的书法，除了厚重之外，有的地方还善于造险，比如这件《行书"春风流水"五言联》中的"花"字的竖折弯钩，他就直接写成了倾斜的戈钩，所以彭玉麟的书法除了厚重，还有峭拔的那一面。

下面我们再看看介乎咸同与光宣之间的同治、光绪年间的两湖书法家。这个时期以湖北鄂州的张裕钊最具有代表性。

楷书"笔写词挥"八言联　清·胡林翼　　　行书"春风流水"五言联　清·彭玉麟

2. 同治、光绪年间的张裕钊书法

在晚清两湖地区的书法群体中，湖北鄂州的张裕钊是继湖南的何绍基之后第二位具有全国影响力的书法大家，他被康有为称为集清代碑学书法之大成者，这件《行楷〈谢灵运诗〉四条屏》是一件碑学书法的代表作。

张裕钊是曾国藩四大弟子之一。他不仅是书法家，还是一个著名的古文家。因而张裕钊在文艺和官场上都深受曾国藩的影响，并得到了后者的提携、推扬。张裕钊先后主讲南京的凤池书院和保定的莲池书院、武昌的经心书院、襄阳的鹿门书院等等。教育活动占去了张裕钊大部分的时间。所以张裕钊除了是一个书法家、古文家之外，还是一个教育家。张裕钊在保定的莲池书院担任主讲时期，是他人生的高峰期。由于保定与北京、天津很近，所以张裕钊书法的传播获得极大的地利之便。

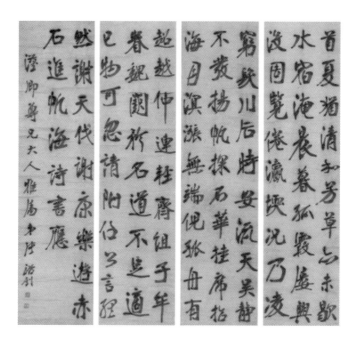

行楷《谢灵运诗》四条屏　清·张裕钊

与何绍基不同的是，张裕钊借助其日本弟子的传播，对近现代日本的书法也产生了较大的影响。关于张裕钊的书法，下面还要重点分析、解读，在这里就不多说了。

最后再看看光绪、宣统年间两湖地区有哪些书家。

3. 光绪、宣统年间的张之洞、端方幕府书法

1889 年，张之洞从两广总督，调任湖广总督，一直到 1907 年离任，算起

来，他主管两湖地区共约十八年。在张之洞主政湖广的十八年中，两湖地区进入最为辉煌的时期。在这个时期无论政治、经济、文化教育，湖广都是全国的先进区。当时在全国各方面的顶尖人才，几乎都被张之洞吸纳到他的幕府及其所主导的各项事业中。如罗振玉、沈曾植、杨守敬、郑孝胥等一大批各界精英都曾经进入他的武昌幕府。这些人不仅是学者、官员，而且还有很多是近现代著名的书法家。比如罗振玉既是一位大学者，又是一位开创甲骨文书法的大家，比如这件《宝马和风联》就属于这类作品。

 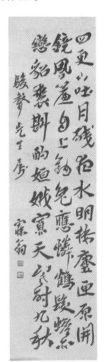

甲骨文"宝马酥风"七言联　近代·罗振玉　　　行书立轴作品　近代·沈曾植

又比如嘉兴的沈曾植曾被张之洞请来，担任武昌两湖书院史学教习，这件行书立轴作品就是他的精品之作。

又比如郑孝胥也被张之洞请到武汉担任他的幕宾，他是近代的大书法家，我们所熟悉的《辞源》书名这两个字就是他题写的。

"辞源"题字
近代·郑孝胥

就张之洞来说，他不仅是一个政治家，而且也有善书之名。加上该时期湖北和湖南的巡抚如端方、吴大澂等与张之洞一样，也以善书和收藏金石书画而著称，在他们的幕府中也汇聚了不少书法家、篆刻家、学者，如著名的篆刻家黄牧甫就曾入湖北巡抚端方幕府，这就构成了晚清两湖地区庞大的幕府书法家群体。我们通过张之洞这件行书条幅和端方的行书对联可以对他们的书法有初步的感受。

行书条幅　清·张之洞　　　　行书八言联　清·张之洞

著名的革命党人、湖南的黄兴也善书，他虽然不属于幕府书法家群体中的一员，但他作为武昌两湖书院的学生，也深受当时书风的影响。这副收藏于武昌起义博物馆的行书对联展示了黄兴在书法方面不同一般的功力。

行书七言联　近代·黄兴

以上我们分咸同、同光、光宣三个阶段，就不同时期的晚清两湖地区的书家情况进行了总的介绍。下面我们就从书家作品的角度，对晚清两湖地区的书风进行进一步的解读和梳理。

四、晚清两湖书法脉络

关于晚清两湖地区书法作品的研究，可以从三种书风探究其脉络的发展。第一种是取法颜真卿的书风，第二种是取法苏轼的书风，第三种是碑学书风。先看取法颜真卿书法的这一类作品。

1. 颜真卿书风

在晚清两湖地区，有一个比较清晰而独特的书法现象就是取法颜真卿书法这个脉络。中国书法重视取法传统经典，当某一个区域对某一种经典形成某种集体认同的时候，就会形成地域书风现象。在中国书法发展史上，颜真卿是一位仅次于王羲之的书法家，他的书法苍劲厚重，磅礴大气，楷书《麻姑仙坛记》和被称为"天下第二行书"的《祭侄文稿》等经典作品就具有颜真卿书风的典型特征。

行书《祭侄赠赞善大夫季明文》　唐·颜真卿　　　楷书《麻姑仙坛记》　唐·颜真卿

书法史公认的清代研习颜真卿书法的代表书家有钱沣、刘墉、何绍基、翁同龢、谭延闿。在这些人之中，湖南籍的就有何绍基、谭延闿，钱沣虽然既不是两湖籍的，也不属于晚清这个时间段内的，但是他对晚清的两湖地区颜真卿书风产生了深远的影响。

钱沣是云南昆明人，主要生活在乾隆年间，他曾担任湖南的学政，也就是分管教育的官员。钱沣担任湖南学政期间，在湖南播下了颜系书法的种子。一般人临习颜体书法，容易把笔画写得过于肉感，结构上也容易写得过紧，而钱沣的书法，在用笔强化了颜体书法刚健的一面，在字的结构上既能聚，又能散，因而钱沣形成了自己强烈的书法个性风格，这可以从他的《楷书中堂集》中体现出来。钱沣的颜系书法深刻地影响了两湖地区，除了前面提到的左宗棠、胡林翼、彭玉麟，学有成就的书家以湖南的何绍基、谭延闿和谭泽闿兄弟为最高。

如何绍基的这件《楷书"典册紫芝"八言联》和《行书〈集座位帖〉字联》，它的结构框架宽博，就是典型颜真卿书法的做派。

 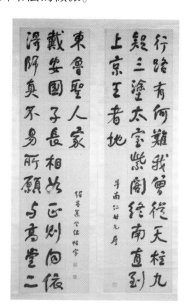

楷书"典册紫芝"八言联　清·何绍基　　行书《集座位帖》字联　清·何绍基

清末民初的谭延闿以书写颜体书法而著称，他的楷书《枯树赋》就追摹钱沣颜系书风，雍容大气而不呆板。

楷书《枯树赋》　　近代·谭延闿

谭延闿的弟弟谭泽闿也写一手地道的颜系书法，大家所熟悉的上海《文汇报》报名这三个字就是他题写的。

两湖地区浓厚的颜系书风也深刻影响了这个区域的实用牌匾书法，如我们汉口江汉关匾额题字就是武汉的书家宗彝题写的，又如民国时期武汉大学校门牌坊上的题字也属颜系书法，等等。

"江汉关"匾额　宗彝

2. 苏轼书风

在中国历史上，苏轼不仅是文学大师，而且也是书法巨匠。晚清两湖地区的苏轼书风这个脉络也非常清晰。为什么会形成这种书法现象？这首先归因于两湖地区具有深厚的苏轼书法资源和接受基础。苏轼当年曾经因为"乌台诗案"被贬到黄州也就是今天的湖北省黄冈市。在黄州，苏轼创作了被号称为"天下第三行书"的《黄州寒食诗帖》。苏轼及其书法构成了两湖地区一份宝贵的历史遗产。

黄州寒食诗帖　北宋·苏轼

晚清两湖地区浓郁的研习苏轼书法的风气，也与当时的湖广总督张之洞有重要关系。张之洞酷爱东坡书法，写得一手地道的苏体字。现在保存在湖北省档案馆的张之洞江汉关的批文就是一件非常精彩的苏体书法代表作。此批文不仅细微处写得一丝不苟，在大的方面，张之洞又把苏轼书法老辣苍厚的那一面写得淋漓尽致。

在张之洞的带动下，晚清两湖地区流行苏体书风，代表书法家有杨守敬、郑孝胥等等。杨守敬这件作品写的内容是苏轼的诗，他的书法取法的路数也明显具有苏轼书法的元素。

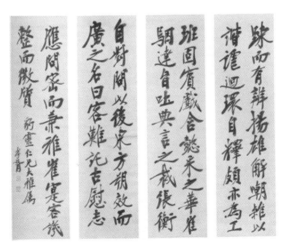

《赠刘景文》书法帖　近代·杨守敬

　　郑孝胥这件行书四条屏，很具有其个性风格，但它的底色却是浓郁的苏轼书风，这都与郑孝胥早年在两湖地区工作受苏轼书风的影响有着极大的关系。

行书四条屏　近代·郑孝胥

3. 碑学书风

所谓的碑学书风指的是清代中期以后兴起的一种书法现象。在中国书法史上，自从王羲之被打造成书圣以后，他与其后续的颜真卿、苏轼等文人书法家构成了一个被称为帖学的书法传统。到清代中期以后，帖学书法传统受到严峻的挑战，取法、研习帖学之外非经典或民间化的书法作品的创作风气逐渐浓厚，比如北朝时期《张猛龙碑》《张黑女墓志》《始平公造像记》就属于这类作品。碑学书法在书写上，追求古代碑刻那种残破、粗糙的效果，从而在帖学所崇尚的书卷气之外开掘出另外一种"金石气"的审美类型。

张猛龙碑　北魏碑刻　　　　《张黑女墓志》拓本　　始平公造像记　北魏·孟达撰

在清代中期，安徽怀宁的邓石如是一位著名的碑学书法家，他对晚清两湖地区的碑学书风影响深远。邓石如为什么与两湖地区有着这样深厚的缘分？这一方面是因为邓石如曾经在乾隆后期进入当时的湖广总督毕沅的幕府，在两湖地区逗留的数年间，邓石如留下了诸多代表性作品，如这件《登黄鹤楼和毕秋帆韵轴》等等。另一方面，邓石如的书法在他去世以后，受到了湖南的曾国藩、何绍基等两湖人士的极力追捧。因此，何绍基既是颜系书风的代表人物，又是一位很有成就的碑学书法家，他的书法具有浓厚的金石趣味，他的书法创作走的是一种典型的碑帖兼容的路子。

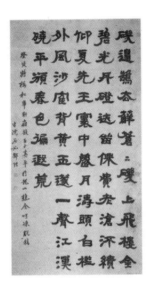

隶书《登黄鹤楼和毕秋帆韵》轴　清·邓石如

何绍基之后湖北鄂州的张裕钊更是被康有为的书学名著《广艺舟双辑》称为集清代碑学书法之大成者，他的代表作很多，如《重修南宫县学记碑》这件作品，骨力峭拔，是张裕钊碑学书法典型风格，与北魏的《张猛龙碑》具有明显的师承关系。张裕钊对近现代的书法影响深远，前面已经提到的沈曾植、郑孝胥都深受张裕钊书法的影响。

重修南宫县学记碑　清·张裕钊

张裕钊是公元 1823 年出生的，2023 年就是张裕钊两百周年诞辰，到时候我们还要举办系列的研讨张裕钊书法的活动。

年轻时期成长于湖南的清末民初的著名书家张瑞清，更是把颤颤悠悠的碑学用笔方法推向了更为夸张的地步。比如他的这件篆隶两条屏就属于这类作品。

篆隶两条屏　近代·张瑞清

五、晚清两湖书法对后世的影响

晚清以后的民国直至现代的书法可以说是晚清碑学和帖学两大脉络的进一步延展。在这方面，无论是何绍基的碑帖兼容的创作方法还是张裕钊的碑学书法实践都有人追摹、实践，深度影响了其后的书法发展态势。

追寻楚脉

刘玉堂

楚脉，就是楚文化之脉。楚文化是公元前 11 世纪末至公元前 3 世纪末，长江中游地区一个诸侯国——楚国人民在长期的生活生产实践中创造、传承并发展的文化。楚脉既是楚国人民思想、意识、信念的凝练表达，又是楚文化精神特质的象征。它泛指楚文化的文脉、血脉和根脉。其文脉贯注于文化创造中，血脉激活于生命智慧里，根脉滋长于公序良俗间，历千年而不竭，亘万古而常新，感召和砥砺着荆楚儿女乃至中华儿女奋发踔厉，勇往直前！

楚脉可大致归纳为这六个方面：第一是"筚路蓝缕"的进取精神；第二是"大象无形"的开放气度；第三是"一鸣惊人"的创新意识；第四是"上善若水"的和谐理念；第五是"九死未悔"的爱国情怀；第六是"一诺千金"的诚信品格。

一、"筚路蓝缕"的进取精神

"筚路蓝缕"是由两个词组成的成语。第一是"筚路"，第二是"蓝缕"。筚路是木轮子的独轮车，指破车子。"蓝缕"就是破衣服。破车子和破衣服构成一个成语，指驾着简陋的车，穿着破烂的衣服去开辟山林道路。表达的是无论条件多么艰苦，都要奋力前行的意思。而筚路蓝缕这个成语最早是由楚国人提出来的，说的是楚国创立之初，正处于内外交困的关键时期，条件异常艰苦，人心比较涣散。作为楚国的第一任国主熊绎受封时，没有一辆像样的车子，没有一件像样的衣服。但他却没有怨天尤人，而是穿着破衣烂衫，驾着简陋的独轮车，带领楚国的臣民发愤图强，建设美好的家园，楚国因此由弱变强。

楚人筚路蓝缕的精神可以从两个"变"来证明。从楚国的版图面积来讲，它由小变大；从楚国的综合国力来讲，它由弱变强。楚国人如果没有发扬筚路蓝缕的进取精神，就不可能做到这两个"变"。

从版图面积来讲，楚国是由小变大。楚国的版图面积最小时只有五十里，即文献上说的"子男之田五十里"，这个五十里可能是指周长。经过数百年的发展，楚国最后的版图面积扩大了一百倍，最大的时候达到五千里。但是从五十里到五千里不是一蹴而就的，它是一个动态的过程，这个过程对应到版图上可分为三个区。第一是楚国的核心区。楚人最早发迹的地方叫丹阳，也是楚国最早的都城。丹阳即丹水之阳（水之北为阳）。丹水的北边就是现在南水北调中线水源地的丹江口水库。而楚国最早的起点就是以丹江口水库为圆心，向周围扩散到鄂西北乃至江汉平原以至整个湖北省，这是楚国的核心区。第二是中心区。经过两三百年的发展，楚国出现了大于核心区的中心区，中心区就是长期以来楚国相对稳定的疆域。它包括今湖北省的全部、湖南省的全部、安徽省的西部、重庆市的东部、河南省的南部、江西省的北部。第三是最大控制区。经过一百多年的发展，到战国中晚期楚国呈现出全盛时期。这个时期楚国的东北边延伸到了山东的南部，东边到了上海西部，南部到了广东的北部，西南到了桂江流域，西部到了重庆市的涪陵，西北到了陕西的东南端，北边到了黄河的边上。这就是文献记载的楚国"地方五千里"。

从综合国力来讲，楚国是由弱变强。楚国强盛时国土五千里，带甲百万，车千乘，骑万匹，粟支十年。楚国当时几乎全民皆兵。楚国势力逐渐强大后，不怎么安分，于是"问鼎中原"：楚王有一次带着几十万大军，浩浩荡荡来到周天子都城脚下，周天子派了一个叫王孙满的人接见楚王。王孙满对楚王说，您不远千里来到天子都城，有何见教？楚王说我只是想问问周天子制造的九口鼎究竟有多大多重。鼎在当时是国家权力的象征，楚王认为凭借自己的军事实力完全可以"问鼎"。王孙满回答说，一个国家能否长治久安，不在于它铸造的鼎的大小和轻重，关键在于这个国家的最高领导人是否施行德政。如果这个国家的最高领导人能够施行德政，那么他铸的鼎即使再小，在老百姓的眼中也是大的；再轻，在老百姓的心目中也是重的。王孙满总结了一句"在德不在鼎"。听完王孙满的回答，楚王认为楚国虽说经济实力和军事实力强盛，但在"德"方面还不够，想取代周王朝还为时过早，只得无功而返了。这个故事告诉我们，一个国家、一个民族的发展不仅要有硬实力，还要有软实力，所以说没有高度的文化自信，没有文化的繁荣兴盛，就没有中华民族的伟大复兴。

二、"大象无形"的开放气度

"大象无形"是老子提出的。老子的哲学思想代表着楚国哲学甚至中国哲学的最高水平，所以说"大象无形"也是楚人的文化精神。老子的意思是说，真正有能量的东西不在于形体的大小，它的形体或许很小，甚至没有形体，你看都看不见，但是它瞬间爆发出来的能量会让人震惊。

文献记载了这么一个故事，充分说明了楚人"大象无形"的开阔胸襟。

说的是有一位楚国的将军不小心将楚王赠送的弓给弄丢了。按照楚国的法律，楚王赠送的宝物如果丢了，被人检举揭发要被杀头，自首或许会从轻发落。于是那位将军就跟楚王坦白了。他本以为楚王会大发雷霆，但没想到楚王只微微一笑，说了八个字："楚人失弓，楚人得弓。"大概在楚王看来，国王给的弓箭丢失在楚国的地盘上，无论被谁捡到，都将是楚国的臣民捡到，楚王没有损失，国家也没有丝毫损失，因而没有怪罪的必要。我将楚王这种胸怀归纳为四个字：家国情怀。因为在楚王心目中，国家是放大的家，家是浓缩的国，楚王是一家之长也是一国之王，楚王的东西只要永远在楚国国民手里，就等于在自己的手里，这就叫"家国情怀"。有人觉得楚王胸襟宽广，了不起，就将这个故事讲给孔子听。孔子一听，微微一笑，他说还应去掉两个"楚"字，变为"人失弓，人得弓"。孔子说尽管楚王把弓箭给了一个楚国人，楚国人这把弓箭丢失在楚国的地盘上，但是并不能保证捡到弓箭的，也是楚国人。可能是路过楚国的其他国家的人。楚国人不要老想着自己的国家，还要想到楚国之外的其他国家。我把孔子的这种气度归纳为四个字，叫"天下眼光"。

后来这个故事又传到了老子那里。老子听了之后莞尔一笑，说孔子有一点点气魄，但在我看来差得远。我要是孔子，就再去掉两个"人"字，变为"失弓，得弓"。老子的意思是说，人之所以感觉痛苦，是因为人成天只琢磨"人"这个词，从来没有想到客观世界。人不能只想着自己，还要想着别人，想着客观存在的世界。除此之外老子还有一层深意，这就是弓箭是物质的，作为物质的弓箭无论丢到哪里，至少是在地球上，大不了在外星上，也是在宇宙中，既然在宇宙中，那么作为物质的弓箭丢了，不必寻它，就让它在那，存在的都是合理的，何况物质不灭。所以我把老子这种眼光叫"宇宙意识"。

从"楚人失弓，楚人得弓"到"失弓，得弓"，不仅仅是每一次去掉两个字，而是境界的步步提升，这是汉字的奥妙，人们从这几个汉字里面领会到博大精深的思想，就是"大象无形"。

有宽大胸怀的人，做事必然会从大局着眼，不会拘泥于小节。文献记载的一个故事充分说明了这一点。说的是有一次楚国打了胜仗，楚王设了宴席犒劳有功之臣。在宴席上，楚王让自己的妃子给众多将领敬酒。突然一阵狂风刮了过来，将灯都吹灭了。在黑暗中，有人趁乱摸了妃子。妃子扯断了那人的帽带并请求楚王找到侵犯她的人以严惩。楚王心想这是个难题，按法律须严惩，但是出席宴会的都是为国家出生入死的人，如果因此等小事将其杀害，那以后就没人再为国家出生入死了。于是楚王想了一个办法，让所有人都扯断自己的帽带后再重新点上灯，从而掩护了那个犯有小过失的人。后来有一次楚王遇险，有个叫唐狡的人奋不顾身救了楚王。楚王一问才知道，唐狡就是当年摸了妃子的人。唐狡当时预想到自己要死了，并且还会因此连累家人，相当恐惧。没有想到楚王并没有揪出他，从此以后他就想着报答楚王。在这个故事里，楚王看重的是他人对国家的贡献，而不是自己的尊严。将国家利益放在首位，体现了宽大的胸襟气度。

三、"一鸣惊人"的创新意识

"一鸣惊人"这个成语跟楚庄王有关。楚庄王登上王位，沉迷于声色犬马，三年不上朝。楚国朝臣纷纷劝谏楚王，楚王不听，还下了一道禁令：从今天开始，有强谏者，杀无赦。这样很多本来想劝谏楚王的人都噤若寒蝉了。但也有例外，一天，一个名叫苏从（一说是伍举）的人求见楚王，说给楚王猜谜语，楚王接见了他。他说从前有一只鸟从一个高山上飞到一个坡地上，停在那里整整三年了，三年来这只鸟没有伸一下脖子，没有想叫的意思；没有振动一下翅膀，也没有想飞的意思。我猜不透这只鸟是什么鸟，大王您知道吗？楚庄王说这不是一只普通的鸟，别看它三年不飞，它一飞冲天；别看它三年不鸣，它一鸣惊人。要么就不做，要做就做得惊天动地，这就是一鸣惊人。"一鸣惊人"用当下的话语来说就是创新。

我们可以把楚文化的创新分为六个方面，三个方面是物质文明的，另外三个方面是精神文明的。物质文明的三个方面，第一是青铜铸造，第二是丝织刺绣，第三是漆器制作。精神文明的三个方面，首推老庄哲学，其次是屈宋文学，最后是美术乐舞。

先讲青铜铸造，湖北省博物馆有一件与曾侯乙墓的编钟同出的曾侯乙的尊盘。尊盘的外口沿有一层花纹是看得见的，但是它的口沿内部还有一层花纹，肉眼几乎看不见，因为它比头发丝还要细。我们可以就此提出一个问题，有什么办法能把青铜器的纹饰做得比头发丝还要细？以现在的技术难以做到，就算用模范法或失蜡法也做不出比头发丝还细的纹饰。

第二是丝织刺绣。丝织品中，要求最高的是降落伞。因为降落伞如果跑风漏气就会出安全事故，所以降落伞是不能造假的。而降落伞之所以质量好是因为经线和纬线的密度大。但是降落伞的经线和纬线的密度还没有楚国女孩子穿的连衣裙的经线和纬线密度大。1982 年，湖北江陵马山楚墓里出土了很多丝织品，其中尤为珍贵的是一件女孩穿的连衣裙。这件连衣裙的经线和纬线的密度是 168×88 根/cm^2，超过降落伞的经线和纬线的密度，并且只有 39 克重，体积小得可以握在掌心里面。目前为止我们也没有办法做出这样一件裙子。张正明先生曾形容这条裙子"薄如蝉翼，轻若烟雾"。

第三是漆器制作。这方面我举一件器物即鸳鸯酒杯。它跟鸳鸯火锅有些相似，中间有一个 S 形的隔板，一边装酒一边装水。这个鸳鸯酒杯在新郎新娘拜天地酬谢宾客时使用。新郎新娘既可以防止自己在酒席上喝醉，又能让客人喝好，就在给客人敬酒时，把盛有酒的那一边对着客人的那一边，装水的一边对准自己，自己喝的是水。这样别出心裁的制作是需要创意的。

精神文明方面的创举，首推老庄的哲学。老子说"道法自然"。按一般的理解，"道"是道路，由道路引申为规则、法规，就是说我们要按规则行事。事实上"道"的本意就是天道，天道也就是自然，"道法自然"就是按大自然的规律办事。庄子说得更直接："毋以人灭天。""灭"就是挑战消灭的意思，天是大自然。庄子说不要一味地跟大自然搏斗，而是要跟大自然和平相处，互相调试。这才是王道，其他都是霸道。我们现在强调生态文明建设，对长江不提倡大开发而提倡大保护，也就是这种思路，这跟楚人传统文化的精髓是一致的。

其次是屈宋文学。除了大家耳熟能详的屈原及《楚辞》外，屈原的学生宋玉还开创了汉赋这种文学体裁。宋玉的名篇有《登徒子好色赋》。宋玉写这篇赋写了一个有趣的故事。宋玉长得非常帅，并且也很有才，被一个叫登徒子的人嫉恨。登徒子和宋玉相差甚远，他就在楚王面前挑拨离间，说宋玉整天待在后宫，说不定会勾引妃子。楚王就召宋玉询问，宋玉解释自己是搞创作的，在创作时需要一个鸟语花香、小桥流水、雕梁画栋、俊男靓女俱全的环境刺激灵感，只有楚王的后宫才能有这样的环境。楚王听了解释，就说有人向他告状，他才会问宋玉，宋玉猜到是登徒子告状，为表明自己不好色而登徒子才是个好色之人，当即写了一篇《登徒子好色赋》，前半部分说明自己是最不好色的人，后半部分说明登徒子是如何好色的。这就是《登徒子好色赋》的由来。《登徒子好色赋》大致意思是说天下之佳人莫若楚国，楚国之丽者莫若臣里，臣里之美者莫若臣东家之子。东家之子，增之一分则太长，减之一分则太短；著粉则太白，施朱则太赤；眉如翠羽，肌如白雪；腰如束素，齿如含贝……嫣然一笑，惑阳城，迷下蔡。翻译一下就是：天下漂亮的女孩子都在楚国，楚国最漂亮的女孩子就是我邻家女孩。那个女孩子，若增加一分则太高，减掉一分则太矮；论其肤色，若涂上脂粉则嫌太白，施加朱红又嫌太赤，真是生得恰到好处。她那眉毛有如翠鸟之羽毛，肌肤像白雪一般莹洁，腰身纤细如裹上素帛，牙齿整齐有如一连串小贝，甜美地一笑，足可以使阳城和下蔡一带的人们为之迷惑和倾倒。这样的女孩暗恋我，趴在墙头看我的背影，但我并没有回头看她一眼。您说我好色吗？这篇赋文采飞扬，极富创意和才情！

最后是美术乐舞。楚国的编钟代表了楚国的音乐水平。举一个例子，老年人在散步时喜欢手里拿一个收音机，收音机里的那首《东方红》，是从人造卫星上接收的。当年第一颗人造卫星上天时，毛主席找来专家商量说要借助卫星让全世界听到中国人唱的歌，很快就选定了歌曲《东方红》，但发现除了钢琴外再没有合适的乐器能演奏出这种声音，而毛主席不想用西洋的乐器，就问能不能想办法找到合适的中国乐器。正在一筹莫展之际，有一位音乐考古学家提到有一种乐器没有试过，就是在河南信阳长台关一座楚国墓葬出土的一套编钟。他们去敲编钟试音质，一试，发现音量音质都达到了钢琴水准，个别还超过了钢琴的水准，最终确定用编钟。这是名副其实的"一鸣惊人"。

四、"上善若水" 的和谐理念

上善若水也是老子的话，老子说："水善利万物而不争，唯其不争，故天下莫能与之争。"老子认为道德的最高境是水。因为人都往高处走，水才往低处流。所以水最低调，润泽万物而不图回报，但是别以为水低调，就欺负它，轻看它，怠慢它，要知道一旦水进行反击，没有什么东西能够战胜它。上善若水是追求一种和谐的理念。

与上善若水相似的理念还有"止戈为武"。说的是有一次楚国与晋国交战，楚国打了胜仗。按照原来的规则，战争结束之后有三个规定动作：第一，双方交换阵亡者的尸体，让死者回到自己的国家入土为安。第二，双方交换战俘。第三，签订盟书，要么稍后再打，要么永不再战。正当楚王准备履行规则时，有个叫潘党的人建议不要让敌方把阵亡者的尸体带回国，而是建一座京观，上面刻上某年某月某日楚王率多少人杀敌多少万，以向后人昭示楚王的功绩。结果楚王反对，并告诉潘党什么叫"止戈为武"：古人造"武"这个字就在于告诫世人，真正的武功不是为了挑起更大的厮杀，而是为了停止干戈，也就是为了停止战争。用现在的话来说，战争的目的是实现和平，而不是为了挑起更大的战争。这是非常先进的理念，放在现在也很前卫。

这种理念具有强大的正能量，因而能穿越时空。唐朝的杜甫有一首诗写道："杀人亦有限，列国自有疆。苟能制侵陵，岂在多杀伤。"杜甫是说杀人应该有个限度，每个国家都有自己固定的版图。如果有一种办法能够制止侵略战争，为什么要一味杀人？用和平的手段解决问题不是更好吗？这完全是受止戈为武的启发。唐朝还有一位诗人叫李峤，他有一首诗这样写道："圆魄上寒空，皆言四海同。安知千里外，不有雨兼风。"圆魄上寒空，就是一轮明月升上天空，按理说四海之内的人都应该看到明月。但他马上急转直下："安知千里外，不有雨兼风。"意思是你哪里想得到，就在离我们千里之外的地方，却是风雨交加，刀光剑影，人们还在战争之中挣扎。中秋之夜有人在轻歌曼舞，有人却在流泪流血。李峤可以说从另一个角度解释了止戈为武。上善若水、止戈为武的和谐理念，有利于人类命运共同体的构建。

五、"九死未悔"的爱国情怀

"九死未悔"是屈原的爱国心声。屈原在《离骚》里面说:"亦余心之所善兮,虽九死其犹未悔。"意思是,只要我心中装着我的国家和我的人民,即使让我死上多次,我也决不后悔。它表达的是一种视死如归的爱国情怀。

公元前506年,吴国的军队长驱直入,直捣楚都,楚人猝不及防,郢都沦陷。最后楚昭王在一位名不见经传的屠户打扮的人的救助下逃出。楚昭王复国后论功行赏,问他的姓名,那人说自己叫屠羊说,是个宰羊的。楚王要重赏屠羊说,但屠羊说拒绝了,并说自己并没有什么大的功劳,只是吴人掀翻了他的羊肉摊子,他没有活路了,要想有活路,羊肉摊子就得重新开张,羊肉摊子要想重新开张,就得等到楚国复国,而要想楚国复国,楚王就不能死。所以保护楚王就如同是保护了自己的羊肉摊子。这是一个非常朴实的道理。

六、"一诺千金"的诚信品格

一诺千金的故事,超越了800年楚国历史的范围,但仍是楚文化的流风余韵。说的是刘邦得了天下后,仍然忧心忡忡,因为项羽麾下一个十分重要的人物不见了,这个人就是与韩信齐名的季布。刘邦认为,凭季布的武功、人脉、影响力和号召力,他若要造反的话会后患无穷。为了江山的稳固,刘邦下了一道通缉令,悬赏千金捉拿季布。不料过了很久依然没有消息,刘邦以为季布死了,就找来谋士询问,谋士告诉刘邦季布没死,民间都说:宁要季布一诺,不要黄金千两。刘邦就问怎么办,谋士建议刘邦撤销通缉令,重新下旨：只要季布归顺朝廷，就既往不咎，委以重用。后来终于找到季布，季布推说自己本来是侍奉项羽的，不想答应刘邦，后来在周围人的规劝下，最终答应刘邦，刘邦也重用了他。后来民间把"宁要季布一诺，不要黄金千两"合成了成语"一诺千金"。

楚人是很讲诚信的。举一个例子，楚文王梦到一具骷髅，那骷髅要楚王给他解决问题。楚王问怎么解决，骷髅说自己是冤死的。楚王说那按惯例就是平反昭雪，该怎么赔偿就怎么赔。骷髅却说这样对别人有用，对我没用，别人平反冤情，能宽慰亲人，但我九族都灭了，无亲人可以宽慰。他要楚王答应一件事，楚王考虑情况特殊就应了下来，结果没想到骷髅要求楚王以国王之礼将他下葬。虽然觉得这样做有些不妥，因为它不合礼仪规矩，但楚王是重诺之人，既然已经答应，第二天就找到骷髅并以楚国国王之礼下葬了。这是文献记载的一个真实的故事，它也从一个侧面反映了楚人一诺千金的诚信品格。

人民与文艺关系的历史逻辑

——纪念毛泽东《在延安文艺座谈会上的讲话》发表80周年

汪　政

今年是毛泽东同志《在延安文艺座谈会上的讲话》（以下简称"讲话"）发表80周年。对中国现代文化与现代文艺而言，这篇讲话的理论与实践意义怎么估价都不过分。"讲话"对文艺与社会生活的关系，文艺的社会作用，从历史唯物主义的高度进行了深刻的阐述，对文艺的许多关键问题，如文艺为什么人的问题，文艺与政治的关系问题，普及与提高的问题，古为今用、洋为中用的问题，歌颂与暴露的问题，文艺评论的标准问题等等，进行了梳理和分析，并旗帜鲜明地做出了回答，建构起马克思主义文艺学的中国表达体系，规划了此后中国文艺的话语途径，是建立和完善社会主义文艺制度的纲领性文献。"讲话"发表后，中国新文艺开启了创造的高潮，一大批具有中国风格与中国气派的作品如雨后春笋，到50年代，形成了一批中国现当代的红色文艺经典。虽然几代中国共产党人按照历史唯物主义的原理，与时俱进，实事求是，从繁荣发展中国特色社会主义文艺出发，对文艺理论上的许多重大问题做出了创新性的阐释，但在根本性的问题上基本继承了"讲话"的精神，是"讲话"精神的不断发展。所以，我们不但要看到"讲话"的历史地位与历史作用，更要看到"讲话"的生命力，看到"讲话"在中国共产党的文艺思想与文艺工作中的发展。

文艺为什么人的问题是"讲话"的核心问题，也是贯穿"讲话"的中心，是理解文艺其他问题的基础。"讲话"明确地指出文艺是人民大众的，是为人民服务的，这一观点是从马克思主义历史唯物论出发的，也是中国共产党的革命宗旨决定的。自有人类文明，就有文艺，对文艺的作用历史上的统治者以及文艺家们都有过经典的表述，但是，文艺的服务对象是谁，文艺究竟是为了什么人，文艺创作的目的是什么等重大问题却只有马克思主义诞生之后，在无产阶级革命运动兴起之后，才在理论与实践上得到了科学的回答。马克思主义充分肯定了人民在历史创造中的主体作用，指出"历史活动是群众的活动"，用毛泽东著名的话说就是"人民，只有人民，才是创造世界历史的动力。"当历史与社会的主体得到明确之后，文艺的性质，文艺为什么人的问题也就迎刃而解了。"讲话"文艺为人民服务的论断与号召不仅指出了文艺创作的目的，为当时文艺工作指出了正确的方向，也奠定了其后社会主义文艺的发展方向。新中国成立后，从周恩来《在中华全国文学艺术工作者代表大会上的政治报告》，到邓小平《在中国文学艺术工作者第四次代表大会上的祝词》，再到习近平总书记《在文艺工作座谈会上的讲话》和近期的《在中国文联十一大、中国作协十大开幕式上的讲话》，从文艺为工农兵服务，为工农兵创作，"双百"方针，到"二为方向"，再到以人民为中心的创作导向，人民都是文艺创作与文艺工作的中心，从而保证了社会主义文艺的底色与方向。

文艺为人民服务在不同的历史阶段有不同的内涵，在如何服务上也有不同的标准。在延安时期，由于当时的全民教育程度较低，因此，为人民服务需要文艺做更多的普及工作，"他们由于长时期的封建阶级和资产阶级的统治，不识字，无文化，所以他们迫切要求一个普遍的启蒙运动，迫切要求得到他们所急需的和容易接受的文化知识和文艺作品"。而当时的文艺又急需发挥唤醒民众，动员社会的功能，这样，文艺的大众化就成为中国革命文艺早期的自觉追求。这样的工作导向几乎一直到五六十年代。随着改革开放，中国社会发展迈上快车道，全民教育水平的提高，使得广大人民群众的文化水平与审美水平也越来越高，原先的大众化已经不能满足人民的需求，或者说，这时的大众化已经不能再是早先的大众化了。邓小平在四次文代会上的讲话已经提到了文艺创作要精益求精，要把精品力作奉献给人民的要求。而到了中国特色社会主义新时代，人民的文化素质与艺术修养更是得到了大幅提升，人民群众迫切需要的是精品，是能够代表中华优秀文化，与世界文化进行对话的精品，是能够体现文化自信的精品。这时，文艺能否以人民为中心就看其能否满足了广大人民群众日益增长的文化需求。文艺生产是与社会发展同步的，文艺如何为人民服务，拿什么为人民服务也是与社会发展，与文艺生产力的水平相适应的。过去，由于文艺生产力较低，为人民服务主要解决有没有文艺的问题，改革开放后，与物质生产水平同步提高的文艺生产水平则是为了解决人民的文艺消费多不多的问题，现在，随着发展的高质量，文艺的高质量也成文艺创作的重要任务。所以，坚持以人民为中心的创作导向就是要"创作生产出无愧于我们这个伟大民族、伟大时代的优秀作品"。这是人民与文艺关系的历史逻辑，也是文艺为人民服务的发展道路。

必须指出，文艺高质量的发展关键在创新。对新时代中国文艺来说，如何创新是需要面对的重要问题。习近平总书记《在中国文联十一大、中国作协十大开幕式上的讲话》中多次指出这一点，"新""创新"是讲话中使用频次非常多的语汇。即使从语文的角度看，我们也能够体会到总书记对文艺工作、特别是文艺创作中创新的强调。

文艺创作中如何创新？新又从何来？可以从质和量两个方面来认识。所谓质，就是我们所在文艺创作中提供了全新的元素，它可以是整体的，也可以是局部的。别小看那些局部的创新，只要它以前没有出现过，那它从性质上看就是新的，比如马尔克斯《百年孤独》的开头第一句话"多年以后，奥雷连诺上校站在行刑队面前，将会想起父亲带他去见识冰块的那个遥远的下午"。就是这样一句话，却对文学中的时间进行了新的处理，从而开辟了一种新的小说叙事方式。而从量上说，虽然从本质上看，一些文艺没有大的突破，但是，它却在前人开拓的道路上行走了一大步，正是许许多多这样的量的积累，使一些文艺手法得以成熟，一些文艺门类得以完善，而这些量的积累总会在某一天带来质的变化。

　　因此，一部人类的文艺史就是不断创新的历史，是一部不断积累与不断突破的历史。从内容上说，我们可以清晰地看到，文艺史实际上是对人类生活的描写史，正是对人类生活描写的不断开拓，才使得我们的文艺不断丰富、不断刷新。我们还可以看到，文艺史也是对人类各种形象的塑造史，性别的、职业的、文化的、民族的、阶层的，甚至也包括年龄的。从这方面说，文艺史也可以说是对人类形象塑造不断拓展、深入，不断提供新的人物形象，特别在分类塑造上不断精细化的历史。而更重要的是，不管是对人类生活的描写，还是对人类形象的塑造，不管是面上的拓展与量上的增多，还是质上的深入，它都是人类文明程度的反映。因此，说得绝对一点，人类生活的描写史与人类形象的塑造史就是人类的文明史，它们都是检验人类文明的尺度。所以，总书记说，我们的文艺要"不断发掘更多代表时代精神的新现象新人物"。这"新现象"就是对生活的新描写，这"新人物"就是对艺术形象的新塑造。而只有体现了一定时代精神的生活描写与形象塑造才能作为历史的见证与文明的符码得以经典化，从而留在人类艺术史与文明史上。

如何创新，艺术史留下了许多宝贵的经验，值得我们去认真学习和借鉴。从历史唯物主义和人民创造历史的角度说，其中有一个重要的方面是重视生产工具的变化对人类生活的改变，生产工具的变化带来了获取生产与生活资料的方式，进而影响社会的进程与人们的生活方式。如果我们看不到这一点，还是以旧的生活方式去描写与想象，就不可能写出"新现象"，塑造"新人物"，当然，也不可能相应地产生新的艺术表现手法。这在如今科技革命的智慧时代尤其重要。我们不能在数字化的今天依然以农耕的方式讲着旧式的故事。总书记《在中国文联十一大、中国作协十大开幕式上的讲话》中指出，"互联网、大数据、人工智能等催生了文艺形式创新"，同时，他又强调指出，"一切创作技巧和手段都是为内容服务的"。辩证地理解总书记的指示，我们文艺家们一定要融入当下的时代，不但要借助新技术革新艺术形式，更要描写出数字时代的生活现象，塑造出智慧时代的新的艺术形象。仔细地想一想，文艺与当下的时代还是存在不少脱节的地方，许多被数字化开拓出的、早已成为我们的那些日常生活却未能走进文艺作品，而如何塑造数字时代的新人形象更是我们文艺存在的盲区。这些问题不解决，我们的文艺又怎能创新？所以，创新之路就在眼前，就从发掘数字时代的"新现象新人物"开始，从塑造与表现新的人民形象开始。

文艺为人民服务，还在于发挥人民的艺术创造力，丰富以人民为主体的文艺生活。在马克思主义的文艺理论与文艺实践中，文艺为人民服务，但人民绝不是被动的。马克思、恩格斯就曾对德国无产阶级的文艺活动作过高度评价，认为它不但提高了工人阶级的文化素养，而且在无产阶级革命斗争中发挥了巨大作用。更为可喜的是工人阶级伟大的艺术理想，正如梅林所说的，"有阶级深情的无产阶级，不可抑止地表现出对艺术的强烈追求，他们有决心掌握人类的全部伟大文化财富，而且也能够做到这一点。"列宁也对俄国当时工人创作报以热烈的赞扬，"工人写作运动"也因此成为俄国革命文艺的一大亮点。毛泽东在讲话中也说，文艺家们在为人民服务中要向人民学习，他特别提到人民群众"萌芽状态的文艺"，当年的延安和解放区文艺真的是轰轰烈烈，而其中，人民群众的文艺占了相当的比重。在文艺史上，民间文艺一直受到排挤，但同时又在统治者的正统文艺之外保持着鲜明的独立与不竭的活力，而群众文艺一直是社会主义文艺的特色。邓小平在四次文代会的祝词中谈到文艺队伍的团结壮大时特别提到了"业余的文艺工作者"，相对于专业的文艺工作者，他们是各行各业的普通劳动者，他们在进行本职工作的同时从事文艺创作，这不但是专业文艺的补充，更是人民群众文艺理想的表达，他们在创造属于他们的文艺生活。人民创作在新时代更加繁荣，科学技术的发展，网络时代的到来，日益提高的生活水平，以及审美力、创造力的勃发，使广大人民群众在文艺上的创造创新达到了空前的水平，许多新文艺形式就是人民群众在生活中创造的，以至于有了号称"中国第四大发明"的网络文学。其实，运用新技术、新空间，体现新理念、新思维，实现新传播、新形式的文艺类型又何止网络文学一种？而他们的创作者，成了分布在各行业中新的文艺群体。新时代文艺为人民服务由此又有了新的任务，那就是为人民群众提供更多的创作条件，在创作中满足他们高质量的文化需求，从而多元并举，形成新时代中国特色社会主义文艺的新格局。习近平总书记在要求繁荣发展文化事业与文化产业时多次提出要"培育造就大批德艺双馨的文学艺术家和规模宏大的文化文艺人"，这一要求是对文化文艺人才队伍新的理解，体现了新形势下对文化文艺人才新的需求，它是新形势下文化文艺人才的新格局，也为人的全面发展，为全社会文明素养的提升和人民群众的文化文艺创造指引了光明的前景。

要再次强调，随着社会的进步，特别是国民教育水平的提高，广大人民群众对文化与文艺产品的需求越来越多，也越来越高，文化与文艺产品的消费是人民群众美好生活的重要内容。这样的需求必定需要相当的文化产出，由于文化生产特别是文艺生产和消费的特殊性与个性化的要求，必然需要大量的文化文艺生产力量，需要相当规模的文化文艺人才。从理论上讲，只有保证了文化文艺人才的规模，才能保证创作出多样的文化文艺作品，以保证消费者对不同主题、题材、风格、类型、体裁的需求，因此，不但需要"大批的德艺双馨的艺术家"，而且需要"规模宏大的文化文艺人才"。这是一方面，另一方面，艺术家的产生是以大规模的文艺人才为前提的，任何行业水平的提升都以其一定量的从业者为基础。文艺人才的正态分布也是金字塔型的，从文艺人口，到文艺从业者，再到文艺人才，最后才可能产生杰出的艺术家，这是被古今中外文艺史证明了的文艺人才产生的艺术规律。总书记多次强调，没有文艺的高原，就不可能产生文艺的高峰，其包含的有关文艺生产力生产的规律是一致的。这为我们的文化与文艺生产从根本上指明了方向。从长远看，对加强中小学生的艺术与审美教育，加强文艺后备力量的培训培养，破除急功近利的思想，遵循文艺人才的成长规律，建立健全科学的、可持续发展的文艺人才培养体制机制，营造全社会浓厚的文化文艺氛围都具有重要的意义。需要进一步理解的是，文艺生活与民族的文明素养联系在一起，造就规模宏大的文化文艺人才，其前提是激发全民的文化创造力，引导更多的有志于文化文艺创作的人投身到文化文艺生产中去。这不仅满足了人民群众对文化文艺消费的需求，同时也满足了人民群众文化文艺创造的愿望。这一愿望的满足不仅是个体的行为，更是建立在社会为其发展所提供的条件和基础上，建立在以人民为中心的导向上，建立在人的全面发展的理念上。只有中国共产党才能有这样的理念与情怀，也只有社会主义制度才能为人的文化发展提供制度，只有强起来的中国才会为人的发展提供保障。马克思畅想的人人都是艺术家的共产主义的未来将开始于中国共产党文化建设的伟大实践。

从毛泽东同志论述新民主主义文化开始，中国共产党人一直将构建具有中国作风与中国气派的文艺作为中国特色社会主义文艺的目标，这一目标不仅代表了人民对文艺的风格诉求，代表了中华民族对自己文艺的自觉创造，更是国家文化意志的集中表达。习近平总书记在党的二十大报告中又一次明确指出要加快建设中国的话语体系与中国叙事体系，再次强调在文化文艺的创造创新上要建立自己民族与国家的文化特色，要向世界贡献出中国理念、中国内容、中国智慧与中国形式，而不能在西方的话语与叙事系统后面亦步亦趋。

这样的要求对我们的文艺创作与文艺理论评论具有重要的指导意义。广大文艺工作者要深入生活，扎根人民，以艺术真实表达生活真实。只要我们聚焦人民的伟大创造，紧随社会与时代前进的步伐，就一定会反映出中国特色社会主义建设火热画面、精彩故事与典型形象。要遵循艺术规律，探索中华美学传统在现代文艺中的新创造，新表现。从时间上说，中国文艺有着几千年的文脉，从空间上说，中国文艺形成了具有地方特色与多民族的鲜明个性，我们文艺家们在从事艺术创作时一定要充分发掘这些宝贵的艺术资源，利用好这些传统与特色。要有这样的艺术担当，自觉地在艺术实践中将中国文艺传统发扬光大，以适应现代社会的发展，面向未来面向世界，使其在新时代获得创造性的发展，从而推动中国文艺传统的可持续性，不断创造中国文艺的新的传统。

对文艺理论评论工作者来说，要加大中国特色社会主义文艺理论建设。理论的发展最具原创性，这是知识生产的核心，不管对一个国家还是对一个民族来说，不管是对一个社会还是对某一个领域或行业来说，理论都是其行为的灵魂。为什么我们的文艺评论大都运用的西方的文艺评论方法？就是因为我们缺乏自己的理论原创，当我们的文艺形势不断发展而缺乏与这些文艺实践相配伍的理论时，文艺评论家们就只能去借用西方的理论。为什么我们没能形成具有民族特色的文艺评论话语？也是因为缺乏理论提升、转化的能力，中国文艺是中华优秀传统文化的组成部分。在长期的艺术实践中，中国古代艺术家与文艺理论家们对中华美学做出了杰出的贡献。他们的理论根植于中国文化，体现了中国传统文化对人、社会与自然的认识，是中国古代文学艺术的理论阐释与经验总结，在中国漫长的艺术史上发挥了巨大的作用。五四以后，中国的文学艺术发生了重大的变化，在与西方文学艺术的交流与对话中不断革命与革新，经过百年的努力，现在已经成为世界文学艺术的一部分。在这个过程中，一方面，如何使中国古代美学与文艺理论现代化，使其能够与现代美学进行有效的对话，对现代文艺的创作与发展发挥应有的作用。另一方面，如何保持中华美学的特色，构建富于民族特点的美学与文艺理论体系一直是几代中国美学与文艺理论工作者的理想，并为此付出了艰辛的劳动，结出了丰硕的成果。但是，这项工作还远没有完成，我们的马克思主义美学研究，我们的中华传统美学研究都面临着西方各种美学与文艺理论流派的压力。特别是20世纪80年代以来，大批西方美学与文艺理论涌入我国，成为文艺理论研究与评论的主要资源与方法，这种一边倒的现象已经引起了文艺工作者和学界的关注。中国传统文艺有自己的特点，如何将其现代化体系化？如何将其经验转化为具有普遍性的理论？如何将文言文语言系统中的概念转化到现代白话文语系中，并与现代美学与文艺学相融合……这些都需要做大量、深入的理论研究与创造，并且要在文艺实践中去检验，否则，文艺评论就无法使用，使用了也会方圆凿枘，缺乏有效性。最终也不可能完整地构建起中国文艺理论与评论的话语体系。

总之，以人民为中心，中国现代文艺建构了自身的发展逻辑，不管是从文艺的外部关系，还是从文艺的内部关系；不管是从创作上看，还是从理论上看；不管是从创作的主体上看，还是从创作的客体上看，中国文艺坚持历史唯物主义的方向，坚持人民创造历史的观念，正在走出一条适合中国特色社会主义文艺的发展道路，逐步构建起中国文艺的创作体系与理论体系，一步步以自己的风格走向世界文艺，不仅向世界展示自我的文艺形象，更是通过这一形象向世界讲述中国故事。

后　记

为深入贯彻落实习近平总书记关于文艺工作系列重要讲话精神，践行以人民为中心的创作导向，深入基层，服务群众，提升基层文艺创作和欣赏水平，湖北省文联于 2018 年 8 月创办了"荆楚文艺名家讲堂"。

第一期讲座在屈原故里秭归乐平里举行，第二期讲座在枝江市举行，第三期在利川市举行，此后改为网络直播，面向湖北省各文艺家协会会员和社会公众开放。五年来，"荆楚文艺名家讲堂"先后邀请著名作家、艺术家刘醒龙、杨俊、黄中骏、陆鸣、李修文、於可训、沈虹光、杨发维、李乃蔚、李幼平、吴志坚、孟庆星、刘玉堂、何祚欢、胡志平、汪政等主讲，受到全省各文艺家协会会员和广大文艺爱好者的好评，在社会上产生了广泛影响。

"荆楚文艺名家讲堂"系列讲座由湖北省文联文学艺术院负责承办，网络直播则得到荆楚网的大力支持。

为了进一步扩大"荆楚文艺名家讲堂"的影响，长江文艺出版社、湖北省文联文学艺术院精选了"荆楚文艺名家讲堂"的部分讲稿，予以编辑出版。囿于水平所限，不当之处恳请读者批评指正。

编者

2022 年 12 月